GOBOOKS & SITAK GROUP©

GOBOOKS & SITAK GROUP©

三日月書版

三日月書版

A子不會
預言自己
死亡
Miss A Would Not
Foretell
Her Own Death
3
午夜藍
插画／A_maru
輕世代
FW343
三日月書版

「A子不會預言自己死亡」

Miss A Would Not
Foretell
Her Own Death

contents

第一章
那一夜之前

Miss A Would Not Foretell
Her Own Death

從觀景臺中看出去的煙火，是如此漂亮而孤獨。

眼前所見，會不會只是夢一場？

當人類在面對突如其來的重大衝擊，總會不自覺冒出這種想法。不論那是心理上的防衛機制，亦或只是逃避現實的藉口，此刻的我都無心考慮。

我真正辦到的，只有眼睜睜地注視著這一切發生。

十二月的寒風刺骨，在高級大樓門外的燈火下，從她胸口流淌而出的血看起來仍然溫熱。

前一秒微笑著揮手的少女，此刻倒臥在血泊中，未闔上的雙瞳再無光彩。

濃濃的血味充斥鼻腔，胃液因此翻滾灼燒，我雙腿無力地跪下來，無視前來關心的大樓警衛和揚長而去的凶手。

這些我他媽的都不想管！

我能做的只是伸手爬向前、向前，直到牽起少女的手，努力感受她的體溫，試圖欺騙自己這一切都是假象。

然而，這次我再也笑不出來了，連難堪恥辱的微笑都擠不出來，更別說哭泣。

這不是夢。

這次不是夢。

已經不會是夢了。

那是在她夢中的電視機上看過的模糊黑白畫面，我卻仍然辨別得出來。同樣的血泊，同樣沾染血腥的烏黑長髮，同樣毫無生命的姿態。

少女被殺害了，她經歷了我本該體驗的悲劇終結。

但是——明明還不到預言的時刻啊！為什麼是現在？為什麼……A子竟提前迎來了自己的死亡？

是不是早在那時，少女如今已渙散的瞳孔，就窺見到了這一晚——

我百無聊賴地盯著筆電的彩色螢幕，不得不讚嘆A子夢中的那臺映像管電視，現代科技的搜尋引擎哪裡比得上能窺視命運的黑白電視機。

筆電螢幕上是數張照片，大多是便服黑髮少女以淺淡的笑容應對媒體，態度看起來很從容，卻也有幾分虛假。

雖然和我熟悉的A子差很多，但經過幾個月的努力調查，我能在媒體上找到的就只有眼前寥寥幾張照片，和一些片段的資訊。

從一開始我就對大眾媒體很反感，偶爾才會關注一下袁家的狀況，現在看來，自己實在是太疏忽了。

既然知道了A子的父親是知名立委，那她的本名、她父親的從政過程和某些

A子不會預言自己死亡

「不好」的傳聞，從愛好八卦的媒體之中總能找到一點訊息。

A子的養父李騫是地方黑道出身，這點就算新聞沒有仔細報導，也能從網路討論找到蛛絲馬跡。

但這傢伙在大眾媒體前偽裝得很好，甚至在網路上也沒有什麼負評，實在有些不可思議。

犀利鮮明的質詢風格、站對輿論風向的勇氣、加上能迷倒婆婆媽媽的高顏值，這幾年李騫在政壇颳起一陣旋風，還誓言要創造臺灣新政治。

他所屬的政黨更打算在二〇二二年臺北市長選舉時，推李騫出來參選。

這幾年——A子養父竄升的速度實在太快了。

當然，在臺灣社會中，這還不到完全不合理的程度。畢竟很多時候，群眾就是會盲目相信被各種表面功夫包裝出來的「偶像」。

「如果有了A子的能力，要成為偶像恐怕輕而易舉……」

就像A子協助我那樣，對於走錯一步就會跌入深淵的政壇路，能預知未來走向，李騫就能迴避任何危險。

可這些也只是猜測而已，沒有更多的資料，真相仍然籠罩在迷霧之中。

而我最想知道的，還是A子母親自殺的原因。

幾個月前A子對我提過她的過去，但只是陳述了結果，她不願深談根本的問題。

至於從其他地方著手調查，就算我已經和李騫見過一面，直覺還是告訴我應該離那傢伙越遠越好。

或許是李騫刻意壓下消息或什麼的，所有相關新聞中都從未提到養女的母親，只委婉表示是「好友」的女兒，沒更多訊息。

現在的我也並非袁少華，原本或許還能靠撒錢獲取情報，如今沒錢確實萬萬不能。

我向後靠在沙發椅背上，吐了口悶氣。

在調查名為A子的謎團這方面，已經有幾個月沒有任何進展。

不知不覺便迎來一年的終末，現在已經是十二月了。

雖說是這樣，我並沒太多急迫感，畢竟離A子成年還有一兩年的緩衝，有得是時間尋找真相。

「不過真的……來得及準備嗎？」

即使特意去詢問少女，也肯定得不到答案。

寒風從租屋處的窗戶吹入，外頭晴朗無雲。對十二月份的臺北來說，這種天氣或許不錯，但還是冷到我起床就得加件外套。

以前的我面對這種停滯不前的狀況，或許會抽幾根菸，或開幾瓶酒買醉。

但想到這身體曾屬於當年那名少年、屬於劉松霖，我只能輕聲苦笑。

「算了算了，還是健康一點吧。」

A子不會預言自己死亡

我乾脆起身伸了伸懶腰，稍微打理一下儀容準備出門。還在困惑著怎麼沒有習慣的雨衣少女跟我鬥嘴，打開房門的我就看見了不請自來的——

「早安，妳要跟我去啊？」

不分季節，時不時就能看到黑髮少女蹲在我家走廊的欄杆前，若無其事地讀著磚頭書。

當然冬季到來後，少女的裝扮還是有些變化，脖子圈上毛線圍巾、白襯衫換成長袖，黑裙下的黑襪看起來也增加了厚度，方形側背包則放在身旁的地上。

小I或許是猜到A子會在外面蹲守，所以才一早就不見人影（幽靈影？怪物影？）。我確實和她說過今天要去探望某位重要的人。

「嗯。」A子點點頭。

雖然她沒直接進來比較好，畢竟我剛才還在探查她的底細，但是……

「外面很冷吧？有這麼討厭進我的房間？」

雖然說讓A子進門並沒有什麼特別的目的，不過我們也都認識——或者說表面上已經交往幾個月了，稍微有點幻想也不過分喔？

眼前的少女只是闔上書本，以跟十二月相稱的冷淡表情注視我。

「半小時沒等到，我就先走了。」

「八成是用那臺電視抓時間的吧……」

我無可奈何地聳聳肩。「吃過早餐了嗎？」

「嗯。」

肯定還沒吃。

畢竟A子也不是第一次陪我去找那個人，我沒再廢話，等兩人在機車上坐好後才笑著開口。

「從之前幾次看來，我家隔壁巷口那間早點店大概不合妳的口味，妳想吃更遠一點的漢堡對吧？」

「我沒說肚子餓。」

雖說如此，當我們在那間以漢堡出名的早餐店點餐入座後，A子還是迅速小口小口地咬著麥香雞堡，擺明是在餓肚子嘛。

我著少女冷淡的表情與鼓起的雙頰，內心平靜了不少。

其實我很感謝A子的貼心，願意陪我去見那個人。否則單靠我自己，或許會承受不住澎湃的情感。

「妳呀，該不會把我請的早餐和午餐當作補償了吧。」

「嗯。」

承認了。

畢竟不是第一次造訪，門鈴按下後，沒多久鐵捲門便打開了。

前來招呼的是一位年過半百的傭人。最初對方的目光不太友善，久而久之倒是漸漸習慣了我每週的探視，據她的說法是「感受到了誠意」。

庭院不再無人打理，不過確切來說，是雜草與植物全被清理乾淨，改以大量的圓潤細石構成所謂的枯山水。

雖然園景在冬日的陽光下有些蕭索，倒也清爽寧靜，感覺到這家人終於整理好了情緒。

這當中，也包括他們的覺悟。

「藍華去學校練鋼琴了？」

踏入玄關後，我向傭人詢問。

「一大早就出門了，小姐想好好準備國外的甄試。」

雖然藍華跟A子一樣是十六歲的高二生，但她前陣子跟我提過，畢業後想跟媽媽一樣去歐洲深造。

出國呀，以藍華的天分肯定沒問題。然而，那對貧窮的我來說，已然觸不可及。

但正因為藍華想展翅離巢，身為再無血緣的哥哥，我還是有一些能做到的事情，其中就包括偶爾來探望一下老媽。

我故意笑著問了問身旁的A子：「妳家裡也很有錢吧？不想出國嗎？」

「沒興趣。」少女語氣淡然，將牛軋糖禮盒交到傭人手上。

雖然不是什麼昂貴的東西，但我每週都會買一盒帶來袁家。

附帶一提，雖然每次是由A子親手送出，其實都是我出的錢。

「謝謝你們，收禮物收到都有些不好意思了。」

我笑了笑，主動拉著A子冰冷的手來到熟悉的那間琴房。

「早上好啊，伯母。」我露出燦爛的笑容打招呼。

長髮的婦人坐在琴椅上，注視窗外陰天的側臉輪廓，果然跟藍華有點像。

「……是你呀。」

如夢醒般偏頭看來的，是氣色比重逢那時好上許多的母親。

據說在某些療程中，會嘗試用古典樂平撫病人的情緒。

我每週就是在做同樣的事，在週六或週日彈彈音樂、聊聊天，花幾個小時的時間陪伴母親。

幾個月下來，據藍華的說法及我自己的觀察來看，母親的精神狀況確實好轉很多。

當初的張嘉嘉無法走出喪子之痛、徹底封閉了自己，她沉浸在自己虛構的完美回憶中，甚至無法區分玩偶與家人。

可是現在，經過一段時間的固定陪伴，母親似乎漸漸擺脫了過去的陰霾。不但已經能辨別出我是「劉松霖」，琴椅邊的獅子玩偶也好好收了起來。

不過正因為開始恢復成我熟悉的母親，當我彈奏完一曲時——

「不怎麼樣呀，你的演奏。」

A子不會預言自己死亡

果然收到了母親的嚴苛評價。她看著我的眼神很像之前的藍華，總歸是相當複雜。

「呵呵，我長大後就沒在彈琴啦。」

我想用一貫的謊話含糊混過去，但坐在鋼琴旁的母親只是嘆了很長的一口氣。

「你的才能不亞於藍華，甚至是那孩子。」

我皺了皺眉，低頭盯著琴鍵。黑白分明，那曾是遙遠的我全心追求的極致。

「過獎了，不過我想我的人生——還有很多值得做的事情。」

就算面對母親，我也說不出自己現在的狀況是如何的麻煩，更不能說自己是如何在劉松霖的身分上掙扎。

「在家裡打電動？」結果被A子吐了個嘈。

雖然在場有大人，我還是以小孩子的態度回擊。

「什麼打電動！我的生活超充實好不好，在上課、打工和妳之間努力平衡耶！」

其實我很感謝A子。感謝她的存在，感謝她做的一切……不僅僅是預言而已。

如果我是自己來的話，很容易就會情緒失控吧。身為外人的A子願意陪同，毫不費力便在我和母親間創造出平衡點。

母親看著鬥嘴的我們，臉上掛著平靜的笑容。

「我知道你的學校很好，這或許就是你努力的成果吧……」

她的表情本來很是調侃，卻在看向鋼琴另一邊的A子時，變得相當柔和。

「還是，那位可愛的女朋友也是你努力的成果？」

我開心地回應：「當然是呀！我可是追了很久呢。」

其實我們到底算不算在交往呢？每次我都有些懷疑。

少女沒有承認也沒有否認，只是默默坐著，就像精緻的洋娃娃被放在那裡，大部分的時間都在看自己的書。

在別人家裡旁若無人有些不禮貌，但張嘉嘉一點也不在意，反而嘴角漾起淺笑。

「劉松霖——你有一位很不錯的女朋友哪。每週願意跟你來陪我這無聊的老人家，這樣有耐心的年輕人肯定不多了，她很愛你吧？」

A子轉向我的視線若有所思，看起來連半點臉紅的反應都沒有。

但「愛」這個字像是在我平靜的心池投下石子，泛起陣陣漣漪。

「交往」都過了幾個月，我好像從來不曾對A子好好表明過自己的想法。畢竟是慣於說謊的人渣，與愛情一詞應該是最不相襯的存在。

為不讓表情透露出內心的動搖，我只好順著話題說道：「她的耐心才不夠呢，事實上根本是徹頭徹尾的行動派。」

結果被A子默默瞪了一眼，我只好笑得更肆無忌憚。

母親的表情漸漸有些感慨。「緣分真是不可思議，我必須承認——我跟藍華一樣，無法放下對你父親的仇恨，還請你見諒。」

對於她的告解，我只是點點頭，內心多少有些沉重。

「我能理解。」

「但是，你不一樣。」張嘉嘉卻突然話鋒一轉，「把我拉回現實的就是你，而你的彈奏風格——跟少華有點像，特別是那首舒曼的夢幻曲。」

我內心一緊。果然老媽看出來了嗎？

「我能感覺到你很景仰少華，雖然他的琴技比你更不值一提，也只會傷我們的心。」

「哈哈……」

鬆了口氣的我不得不乾笑起來，可母親只是繼續叨唸。

「不過到了我這把年紀，不免會想呀——」她的視線又轉向A子，目光中帶著溫柔。

「只是老人家的直覺啦，如果少華有遇到像妳這樣的女朋友。」垂下眼，歷經風霜的母親感慨道，「或許，就不會走偏那麼多了吧？」

啊。

何止袁少華，現在的劉松霖也是被A子所拯救。

不愧是老媽啊，最了解兒子是什麼德性了。

我實在是不知該怎麼回答，求助的視線投向了A子。

但少女只是舉起攤開的厚重書本，遮起大半的瓜子臉蛋。

等等，妳害羞了吧？

雖然傭人每次都會挽留，我們還是在中午前就離開了袁家。

照慣例，我帶著A子去吃午餐。跟早餐一樣，就算少女的表情總是沒什麼變化，還是能從細微的反應觀察出她的喜好。

這次，我帶她去一間藏在巷子裡的牛肉麵老店。在寒冷的冬天喝口熱湯最爽了。

觀察著小口吃麵的可愛女高中生，我露出了笑容。

「這是『我不喜歡這間店』的A子表情。」

「……」

A子乾脆就不回應我的騷擾，我們姑且是享受了寧靜舒適的午餐時刻。

吃著吃著，想到時間已經接近年底，我藉這個機會再次向她確認。

「妳平安夜確定有空吧？我們去逛逛。」

經驗豐富的我為了避免人擠人，早就事先做好規畫，想去的餐廳也都早早訂位了。

不只如此，我還想在耶誕夜當耶誕老公公，送壞孩子A子一個小禮物。

不過在這裡有個小問題——對象是這名不尋常的少女，我實在不認為她會喜歡一般的禮物。

「嗯，有空。」

聽見肯定答覆，我夾起水餃的筷子停留在半空。雖然有過墾丁之旅變成一場夢的淒慘前例，但我其實相信A子不會再爽約了，一再詢問的原因只是──我想試探她家的底細。

「妳爸還是沒有意見？雖然平安夜對大部分臺灣人可能沒什麼重大意義啦，就是多一個開房間的理由。」

在認識幾個月、目睹對方數次晚歸甚至外宿後還問這點，確實是相當無聊，但李騫對未能年養女的放縱實在是太讓人在意了。

A子的養父，對她到底是什麼態度和想法？更重要的是──有沒有利用A子的預言能力？

但A子身為A子，就只是在啜了口湯之後，以冷淡的語氣開口：「過夜也沒問題。」

我咧嘴一笑。「冬天一起縮在被窩裡應該不錯，只是不要又把我騙去做奇怪的夢了啊！」

一想到和她共枕入睡，恐怕又會墜入那被濃霧包圍的幽暗房間，我突然就清心寡欲了。

「你們兩父女的關係比想像中更不正常呢，在慈善晚會那時我就有這種感覺了。」

我想了想，還是把鬱悶很久的抱怨說出口。

「表面上他好像很關心妳，但與其說是關心妳有沒有交到壞男友……」

不如說，只是在意這會不會影響到A子協助他。

李騫的笑容比我還要虛偽，那不是對家人會表現出的態度。

沒有娶A子媽、收養了人家的女兒後又虛情假意，不管怎麼想，A子媽自殺這件事，肯定和李騫脫不了關係。

那些來自大人的各種手段和算計，當年的幼小A子怎麼可能躲得過。

能窺視命運軌跡，跟自己有沒有能力改變現狀是兩回事，這個事實我在祐希學姐和藍華身上體悟很深，也真正痛過。

「嗯。」

對於我的批評，A子沒什麼反應。本來以為這次的詢問又會一樣沒進展，但在我死心繼續吃水餃的時候，她竟然主動開口了。

「早上，你問過我想不想出國。」

「嗯？妳果然想唸外國大學啊？以前我也想過出國遊學呢。」我故意忽略了她對自己的死亡預言。

但A子搖了搖頭，回應的語氣依舊沒有起伏。

「我沒出過國，也沒離開過大臺北的範圍。」

少女拿出手機，平靜地陳述著，就像這些事情再合理不過，只是日常的一部分。

「我父親沒提過，但我知道他給我的手機有內建追蹤定位，能隨時知道我在哪裡。」

A子沒有再說下去，我也不需要更多的說明，整個人寒毛直豎。

我之前的想法還是太天真了，這是何其變態而自私的控制欲。

或許，A子也很想跟我去墾丁玩。

但少女並不自由。

整個臺北對於她而言，只是一座巨大的鳥籠。

吃完午餐的週六午後，本來都會載A子去祕密基地發呆一下——雖然冬日那排向日葵並未盛開，景色有些萎靡，但我還是想去那裡照顧植物兼午睡。

只是今天剛好晚點有排班，要提早去咖啡店，這下只好先載她回那片高級社區。

看似擁有很大的自由，實際上卻一點都不，A子的處境跟過去的我完全相反。

在大樓門口前接過A子遞來的安全帽，我思索著她突然願意透露自身困境的原因。

「雖然幫助不大，也多少能想像……」看著她轉身離去的纖細背影，我忍不住出聲。「等一下！」

少女轉回身，以過於冷淡的表情回望我。

那樣一如往常的姿態，卻讓我本來想說的話全哽在喉頭。所以，我只好再度咧嘴露出笑容。

「我突然想到一個遊戲，平安夜當天來玩一下交換禮物吧？」

其實對於要送什麼禮物這件事，我目前還是沒有明確的方向。

A子簡短地應了聲「嗯」，看來是接受我的提議了。

目送少女進入公寓大廳後，我才長嘆一口氣。

「躊躇不前可不是我的風格啊⋯⋯」

可是，如果要拆解圍繞著A子的迷霧及問題，這會是最難著手的部分。

因為，那或許也是少女尚未窺見解答的未來。

「送她面具啦，反正她又不想跟爹地你好好相處！」

本來還有些煩躁的，倒是被身旁突然冒出的雨衣少女逗笑了。

不管外貌再怎麼相似、不管過了幾個月，小I還是同樣排斥跟A子見面。

「我可以做一頓平安夜大餐給妳吃，只不過是在夢裡就是了。」

「爹地以為我像米格魯那麼愛吃喔——如果味道能做好一點，我就勉勉強強接受吧。」

別看不起護國神犬！但說是這樣說，小I還是對食物低頭了。這幾個月以來，那直率的反應一次又一次平撫了我的焦躁不安。

「如果A子能像妳這樣坦率一點就好啦，很多事情或許能輕鬆解決了。」

小I大力點頭。「因為是爹地教的嘛，我才不會長成她那樣呢。」

又說一些我聽不懂的話。撐起傘的小I抬起頭，我順著她的視線往上看。

天氣說變就變，天空不知不覺已被陰雲覆蓋。

「不過——我多少也有彆扭的一面。」

她輕聲說道。

「學姐是不是也有很彆扭的一面呢？」

「啥？學弟突然在講什麼？」

晚上打工結束後，我調侃著準備去換衣服的學姐，還模仿了小I的語氣。

「不過學姐彆扭歸彆扭，出手倒是很大方呀，我好想抽到學姐的交換禮物喔！」

今年的耶誕節在下週六，考量到平安夜大家會有各種規畫，所以（自稱）佛心的老闆決定提早慶祝。下週三先休息一天，所有員工晚上來開一場耶誕派對。

學姐只是瞪著我回嗆：「最不想送禮物的對象就是你啦！學弟以前肯定是把耶誕老人嚇走的那種小鬼。」

是怎樣才能把耶誕老人嚇走啦。

「我以前可是很受耶誕老人寵愛的喔。那妳打算準備什麼禮物？」

「我想想——不對還不能說出來啦！」她紅著臉掩嘴，反問了我。「學弟你勒？又準備了什麼大驚喜？」

「大概是家樂福禮卷吧。」我是實用主義者。

「太沒誠意了吧！我不認識這麼沒品味的人。」

我們照慣例地鬥著嘴，看著學姐漸漸擺脫過去的陰霾，果然讓我的內心相當爽快，更愛學姐了！

被我不懷好意的目光觀察著，祐希學姐不自覺地縮縮身子。

「你呀，是不是又再想一些奇怪的事情……」

學姐伸出手用力捏了捏我的臉頰，但表情漸漸轉為無奈。

「唉，雖然問了也是白問，但是——你平安夜有空嗎？」

「難道房間訂好了？」

對於我自然的性騷擾，她只是露出燦笑，我也跟著陪笑。

哈哈哈哈哈。

接著脖子就被緊緊掐住。

「要開房間去跟你的高中生女朋友開呀！想到你會在平安夜跟她滾床單我就超級不爽！還是現在先送你上西天吧！」

「對、對不起！」

好不容易讓失控的祐希學姐冷靜下來，她這才解釋平安夜邀請我的用意。

A子不會預言自己死亡

「如果你真的有時間的話，我想找你吃個晚餐，到時還會有以前幫忙準備COSPLAY的朋友，是位很有趣的女同學喔。」

「這麼說來妳之前有提過呢，妳們算是一個小團隊。」

雪夢每次直播都不同的COSPLAY裝扮是一項特色，但肯定也是一筆不低的開銷。

記得學姐說過那是跟同校動漫社團的朋友合作，雖然實況收到不算少的訂閱和斗內，但但大部分都拿去支付材料和維持團隊的運作。

還是想說，學姐真的人正心美。

學姐點點頭。「是呀，她很好奇是誰敢那樣直播嗆聲，而且很想問我們的八卦。」

聽到要談八卦就更不想去啦！但學姐還願意聯絡的話，和對方應該是不錯的私交。

我才這麼想著，祐希學姐又丟出了震撼彈。

「之前也去找她討論了很久——我以後還是想重開實況臺。」

「啊？」

學姐這句話可把我嚇得不輕。

「不會再亂搞了啦！真的！只是玩興趣的，開臺不會很頻繁了。」她努力解釋著，「我會關閉收錢的管道，COSPLAY什麼的也不太考慮繼續了，所以也沒想到那朋友還願意幫我……」

學姊輕咳了聲，揉著鼻子像是在掩飾什麼。「我只是……還是、想把自己玩遊戲得到的感動分享給大家。」

我倒是沒想到學姐會做這個決定。實在不知道這算不算好的選擇，但能夠直面自己的心傷來源——或許也是好事。

「我沒辦法說什麼加油啊恭喜啊之類的，學姐應該也不想聽那種無聊的意見吧。」而且真正開臺後，肯定又會收到很多閒言閒語。

學姐看起來有點畏縮，似乎擔心著我會毫不留情地潑冷水。

不過，我也說不出那種話，因此努力露出了溫柔的笑容。

「但我還是滿想再看一次，最初學姐那相當投入在遊戲中的神情。」我笑著眨眨眼，「下次要不要直播極光呀？應該不好照就是了。」

她紅著臉別開頭。「就是這樣亂講話——才讓人討厭。」

感覺現在的學姐就很彆扭啊。

頂著夜間的寒風，離開咖啡店的我並沒有馬上回家，而是來到既熟悉卻又陌生的地點——當初A子跳樓的公寓天臺。

我拉緊厚厚的羽絨外套，站在護欄前凝視臺北的夜景。

兩度的生與死，現實與夢境。

這裡有過太多的情緒交錯，但我們並不留戀，也根本不會特意來這鬼地方。只是今晚突然很想來這裡站一下。

「這是你期待的結果嗎？爹地。」

一旁冒出來的紅雨衣幽靈，以溫柔的聲音詢問著。

「我不曉得。」

是的，這是我真心的答案。

因為現在的我誰都不是，我甚至可以做個冷漠的旁觀者，讓痛苦再次在身邊降臨。

詛咒這狗屎爛的世界。

「但——果然還是放不下。」

一位是陪我鬥嘴、又善良又可愛的學姐，我此刻的微小幸福。

一位是已經沒有緣分、即將在世界舞臺大放光彩的妹妹，我割捨不下的過去。

可說到底，如果背後不是A子推動著我前進，此時此刻的我，將會面臨何等殘酷的現實。

雖然在夢境中使用了死神打扮，她卻不是一位稱職的死神。

小Ｉ露出燦爛的笑容。

「不管多少次，爹地一定會拯救她們。」

「不管多少次——」我詫異地望向她。

但幽靈只是比了叉叉，不只不希望我多問，也巧妙地轉移話題了。

「爹地，如果說謊鼻子會變長，你覺得現在你的鼻子有多長呢？」

「大概可以環島一圈吧。」

她笑得很開心，飄到了護欄之外。

但違反世界常理的怪物，並未真正墜落。

「那你比不過我喔。」雙手放到身後，小I瞇起眼睛低語。「我現在說的謊可是『莫比烏斯環』喔。沒有起點，沒有終點。」

自白著的她，視線並沒有落在我身上。

「我一直很想對爹地說——我一點都不坦白呢。」

看著近在眼前，卻異常遙遠的少女，我發現自己從來都無法真正觸及她的內心。

在那空洞的透明雨衣之下，怪物到底有沒有心呢？

突然感受到小I也跟A子一樣神祕、一樣觸不可及，為此我有些失落。

小I總自稱是我的怪物，用陽光般的活潑熱情掩飾著一切，我卻一點都不了解她。

「算了，還請爹地忘掉我說的這些。」

要人忘記也難啊，但因為小I這段話，我突然有了個好點子。

「啊有了！耶誕禮物有著落了。」

一年的最後，祐希學姐和藍華都找好了人生的方向，就算那不見得是正確的、不見得是平順的康莊大道，但她們已願意前進，不再被夢中孕育的怪物糾纏。

就算我的人生註定失敗，我也不想讓A子一直停滯在這個地方。

A子賜予了我這麼多救贖，我也想給予她未來。

這是我想大聲對她說出的心聲，也就是我的「愛」。但在那之前——我必須傾聽少女真實的想法。

小I眨了眨眼，浮現出相當訝異的表情。

「有著落了？爹地不是打算隨便準備嗎？」

小I似乎沒有料到我會這麼講，所以語氣相當懷疑。

但我只是不解地望著她。「就是一閃而逝的靈感啦，也是多虧妳那些奇怪的話。」

「一閃而逝……」她愣住了，低下頭的姿態就像個迷了路的孩子。「雖然有點不同，可是——」

一陣強風而來，幽靈揉去了眼角的水光。

但我並沒有漏聽，小I那微弱的、垂死呼救般的最後一句話。

並沒有用呀。

那帶著濃厚哀傷的一句話。

第二章
持續往深淵下沉

Miss A Would Not Foretell
Her Own Death

A子不會預言自己死亡

如果是過去的袁少華，送女性禮物只能用大撒錢形容。名牌包、鞋子、手表，甚至是更加昂貴的珠寶，有時也會安排高級餐廳的晚餐約會故作浪漫。現在回想起來，也許不少異性只不過是看上了我的財力。

總之，往事不可追憶。

現在的我窮得可憐。

半工半讀的大學生可沒什麼存款能準備太貴的禮物，而且我也幾乎可以肯定A子不會喜歡那些東西。

那孩子至少也是立法委員的養女，物質生活哪會差到哪裡去。

小I的話給了我一些啟發，我想送A子的禮物一點都不貴，重點在於背後的意義。

在十二月二十一號冬至這天，我決定翹掉整天的課，在中午前出發選購耶誕禮物。

因為事先做好了一些功課，我騎著機車到理想的日系商場選購商品。雖然預算有限，我還是希望禮物的質感能好一些。

習慣獨來獨往，我自然希望選禮物時不會受到任何干擾，可惜事與願違。應該說，我有很久沒享受過寧靜的片刻了。

「爹地！不要送小狗圖案啦，那傢伙明明就一點都不可愛！」

在我拿起商品檢視時，身旁的小I很有怪物風格地吼個不停。

我改換旁邊另一款商品，都還沒看清楚上頭簡約線條的顏色——

「那個也不好看啦！」

我揉了揉太陽穴，將商品放回去後笑著反問：「親愛的小I，所以妳想要送A子什麼風格的禮物呢？」

「我想想……」

紅雨衣幽靈在架前來回漂浮，好不容易找到她理想中的款式，伸出手卻摸不著，側臉上的失落一閃而逝。

小I沒有意識到我看見了，轉眼又擠出興奮的笑容，指著眼前的商品喊道。

「爹地爹地！就是這個！這個最適合扭曲的她了！」

小I挑選的禮物上畫了一隻奇形怪狀的怪獸——是哥吉拉嗎？看起來很像小孩子的塗鴉，實在分辨不出來。

真有特色。

不愧是我的怪物呢，完全展現出那小小又有點可愛的惡意。

雖然這樣想，但我只是露出更加燦露的笑容。

「駁回。」

「哎！為什麼！」

雖然我平常是個愛說謊又白爛的人，在這種時候我還是想選正式一點的禮物啦。

A子不會預言自己死亡

對至始至終都難以捉模的女高中生A子，我現在最希望的是——她會願意敞開心防面對我。

果然，還是那種顏色與風格更適合這個場合吧？

直到結帳走出店內為止，身旁的小I都充滿怨念地唸個不停。

「爹地怎麼會選這個顏色，一點都不適合她啦……」

不過小I就是個單純的孩子，在我吃完午餐後，她的態度又回復正常。

因為我已決定翹課到底，所以無所事事地站在人來人往的大街上，忍不住看了陰暗的天空一眼。

這幾天剛好寒流南下，這週都會是又冷又溼的天氣型態，我還是祈禱平安夜那天的天氣能好一點。

「太早挑完禮物啦，現在要幹嘛？」

我故意問從夢中誕生的小I，果然雨衣幽靈很快就回應了。

「去哪裡玩玩吧！」

突然要說去哪裡玩……我好像答應過小I，有機會想只跟她一人好好出遊。

但這與對A子的心意不一樣，這種溫柔的感覺更接近——對家人的溺愛？

我觀察著眼前雀躍地嘰嘰喳喳的小I，跟冷淡超齡的A子完全不同，感覺有個地方很適合這種幼稚的表現。

我笑著開口，還帶了一點哄小孩的語氣：「我們去兒童樂園玩吧！士林那邊這兩年有新開一間兒童樂園喔。」

「我才不是小孩咧！爹地！」

看來小I非常介意自己被當成兒童，但那樣的反應才更像個小孩。

其實很讓我羨慕。

幾分鐘後，我還是騎著車朝目的地前進。

「我不想去兒童樂園喔，只是陪可憐的爹地而已。」

假裝坐在後座的小I為此還特地辯解，我反而笑得更開心了。

「是是是──」

我敷衍彆扭的小I，抬眼注視上方的天空。

烏雲比進入商場前更加密布，厚得連一絲陽光都透不過。

現在這種天色，再加上出門前瞥過的氣象預報──似乎不太妙？

結果就在快騎到兒童樂園時，悲劇發生了。

「為什麼下雨了！連天空都要跟我作對呀！」

仰頭瞪著飄雨的臺北天空，小I大聲怒吼。

沒有人能聽到雨衣幽靈發自內心的吶喊，在降下大雨的兒童樂園中，人潮開始散去，很多家長紛紛牽著小孩去避雨、甚至離開園區。

「妳果然很期待嘛。」我撐起傘無奈苦笑，環視周遭的遊樂設施。

雖然兒童樂園不會遇雨閉園，可先不說很多室外設施下雨就不能玩了，光是這又冷又大的雨勢就讓人心生退意。

糟糕，真希望平安夜當天天氣好一點哪……

「臺北這城市的天氣，真的很爛耶。」只聽到怪物的低聲抱怨，「又冷又溼，跟夢裡——原來也沒相差多少。」

我在寒風中默默聽著，感覺連身上這件羽絨外套都快擋不住冷意了。

如果是以前的我，現在早就縮在租屋處睡覺，可不會出門淌這趟渾水。

幾個月下來，我似乎也改變不少，在管閒事的程度上可能和A子不相上下了。

「要我說的話，我也不喜歡臺北的溼冷和擁擠。」我聳聳肩轉向小I，「我們繞一圈再回家吧？雨這麼大也不適合遊玩。」

我的建議合情合理，但小I只是鼓起臉頰，用力指向某一座遊樂設施。

「爹地！我們去搭海盜船！」

雨實在太大了，連海盜船都搖蕩不起來，或許是為安全已經停止運轉了吧。

「光想就好冷啊，而且設施根本已經不動了喔？」

戶外設施就是這點麻煩，但小I仍然不死心。

「嗚——還有什麼能玩的嗎？」

「我想想……」我也只能跟著她思考起來。

也不是沒有在雨天照樣運轉的遊樂設施啦，之後我們玩了旋轉咖啡杯和碰碰車。

小Ｉ很快就被哄開心了，綻放出愉快的笑容，但一離開室內設施，很快又是一臉失落。

「自由落體海盜船摩天輪輻射飛椅單軌列車雲霄飛車……」

當我們抱著遺憾的心情離開兒童樂園後，她仍然站在門口唸個不停。

我皺眉回應：「還以為是什麼詛咒人的咒語？」

「我詛咒臺北！我詛咒臺北的上班族每天都加班超過十二小時，我詛咒這裡的三餐越來越貴！我Ｘ你媽的臺北！」

這也太可怕了——不對，這詛咒的內容也太寫實了吧！還有小姐不要罵髒話啊！

不過我總覺得，這幾天小Ｉ的情緒果然有點異常。

過去的她即便常常說著我無法理解的話，總是很快就能重拾笑容，是我精神狀態的安定劑。

十二月開始後，反而是她的心情變得非常不穩定。

似乎被什麼壓力壓到喘不住氣，加上上週她提到自己同樣在說謊……

「小Ｉ，妳是不是有什麼心事？」

我望向雨衣少女迷茫的側臉，忍不住問道。

儘管下著大雨，但那些雨水只是穿透她的身軀。

「沒事喔。」聲音聽起來就很逞強。

至始至終，她都不曾被納入現實世界，是從夢境誕生、孕育，也只存在於夢境的怪物。

還記得最初與A子交談時，她那聽起來抽象、現在卻有深刻體悟的描述。

它們無法真正到達地表。

我想了想，試著溫柔地開口：「如果有什麼煩惱，就跟我說看看吧？」

就算我是只會說謊的人渣，在當垃圾桶時總能派上用場。

但小I依舊凝望著厚重的陰雲。

「……時間不夠了。」驚覺自己好像說錯話了，她趕快摀住嘴。「不，沒什麼事的！爹地。」

小I的反應真讓人擔憂，而且時間不夠又是指什麼事情？

莫非是——不可能吧？我止住那過於不安的想像，不希望把這種壞心情帶到平安夜當天的約會。

總不能再這樣下去，我突然想到一個能安撫小I的點子。

外頭的雨實在太大，就算套著雨衣，騎機車時也不免會溼掉一些地方。

回到租屋處後我先沖了趟舒服的熱水澡，然後——就這樣躺到床上，縮進溫暖的被窩。

「哎哎！爹地也太懶了吧？」

有時我會跟小I在家裡玩些不涉及實際接觸的小遊戲，例如五子棋之類的，所以連遊戲都沒得玩的怪物果然嘗試搖動我的被窩。

當然，她的手直接穿透棉被、一點用都沒有。

我翻身一圈懶散地說：「反正今天的課都翹掉了，就讓我好好補眠一下吧。」

小I看起來很失落，我只是瞇上眼睛悠然地補充。

「如果妳覺得無聊的話，晚點就在夢中見面吧。」

「咦？」

我沒告訴狐疑的小I自己到底想做什麼。說實在的，冬天果然很好睡啊。

依循著之前創造與妹妹相處記憶的經驗，這次我想試試看獨自造夢。

「做夢」的感覺說到底還是很奇妙，對我來說卻逐漸成為能控制的本能。

就像之前進入學姐雪國時那樣，只要「意識到」這件事是能辦到的，就有機會去想像出來並具現化，還能做好事前規畫。

如果不用強烈的意圖去做夢，通常就是直接進入意識最深處、靈魂最核心的夢。以我現在的狀況，就是那片荒涼的沙漠。

其實就算沒有怪物寄宿，俗語說的「日有所思，夜有所夢」，本來就是同樣的道理，只是我們的意念強烈到甚至能影響靈魂本身。

這是我多個月下來累積的理解，還沒去找A子驗證，可這也是在她的一步步引導下學到的資訊。

「說到底——這些知識都是從哪來的？」

正如人類科技是奠基於千百年的理論與發展，有關於夢境與怪物的運作原理，我並不認為一位高中少女可以無師自通。

或許能在這之中找到突破死亡預言的關鍵，但光靠我自己想破頭也沒用……

「爹地！你果然在搞這種事情！」

思路被氣噗噗的小I打斷，環視周遭一圈後，她大嘆一口氣。

「我還以為妳什麼都知道？包括我想做的大工程。」

「無所不知這種事才辦不到呢！我又不是爹地肚子裡的蛔蟲。」

——可妳總是一副無所不知的模樣。

我搔搔臉，決定不跟她計較，插腰欣賞著面前盡量重現的「兒童樂園」。看看，連石磚路這種細節都努力鋪上了！

我得意地對小I說：「夢中不用人擠人，想玩幾次都沒問題！」

天空也換成漂亮的星空，因此樂園內也照著自己的想像綴滿燈飾，充滿夢幻的光芒。

雖然沒有學姐那座不知道刻了多少年的北國厲害，也算是自信之作了。

「實在是受不了爹地耶！你超幼稚！」結果卻收到小I的惡評。

這個嘛，以前還是袁少華時我就收過類似的評價了：「像永遠長不大的男孩」，不過……

「不，被妳說幼稚，實在有點不服氣喔？」

面對我略帶不爽的表情，小I反倒露出有些落寞的笑容。

「這裡只有我們兩個——不是很寂寞嗎……」

小I說的那些，全都是不用懷疑的正論。但是，我主動牽起了少女的小手。跟現實不同，夢中的她是能夠碰觸的存在，而且那手很溫暖，跟A子天生偏冷的體溫不同。

「就算跟著我去搭那些室外遊樂設施，實際上妳也感受不到快樂哪。」

本來就像幽靈的她，只能假裝跟著遊樂設施移動，不可能享受到人類被現實物理束縛的刺激感。

甚至更殘酷一點去想，無論如何——小I都「不是我們這邊」的人類。

她是怪物。

活在夢中，注定孤獨的怪物。

「嗯……」

小I別開頭，不敢直視我的目光。

「所以就在夢中好好玩一下吧？」我努力展現燦爛的笑容，緊緊抓住少女的手。「我的人生不是一樣不缺謊言？只能活在這虛假的現實中。但就算是虛假的又如何？妳會想否定我們在夢中玩過的記憶嗎？」

人類啊，總是被自己的五感框限。但有時候，只要能讓躁動不安的心靈平靜片刻——就算那並非現實，也會成為我們緊緊抓住的救贖……

「嗯，爹地一直是——如此溫柔呢。也就是這樣的你，才願意付出一生，只為探求真相吧。」

小I又說著我無法理解的話，而我始終找不到好好詢問的機會。怪物少女緊緊回握我的手，另一手指向正在前後擺動的遊樂設施。

「爹地可別後悔喔！我們先從海盜船開始吧！至少要搭個一百次！」

「妳是想搭到吐出來喔……」

說是這樣說，我還是認命地陪著她把下午因雨沒有享受到的室外設施輪流搭了好幾遍，反正夢境中也不需要排隊。

看著小I隨雲霄飛車晃來晃去而興奮地大叫，看來我嘗試重現的物理體感還不錯。

附帶一提，結果小I果然沒辦法搭一百次海盜船，差不多十趟就找個垃圾桶吐了起來——怪物也會想嘔吐嗎？

好不容易等小I玩累了，我們搭上兒童樂園的小型摩天輪休息一下。我的腦海裡突然又冒出了新點子，思考一下效果該怎麼呈現後，我打了個響指。

「哇——」小I雙手貼上了摩天輪的透明窗，目瞪口呆地看著外面的變化。

夜空被瞬間綻放的各色煙火攻占，我依照著記憶重現了一場煙火秀。

「雖然還是沒有雪梨的跨年煙火漂亮啦。」

「哼，爹地又再說那沒用的自由旅行記憶。」

小I低聲碎念，但倒映著火樹銀花的晶亮雙眼沒有移動分毫，我默默在旁守候著。

或許我一直期待著，在我這早已失敗的人生中，能迎來像這樣寧靜的片刻。

而這短暫的寧靜——正是A子所帶給我。

在不多話的她身邊總是很自在，雖然偶爾會被少女冷淡甚至可說是冷酷的行徑嚇到，可久了就會發現這傢伙心地很善良。

是她拯救了我，甚至該說是「我們」。

在跟A子相似的小I身邊想著她，似乎是很渣男的想法呀。

但下一刻，發現異狀的我，心卻因此緊緊揪住。

兩行淚水突然從少女的臉頰滑落。

「小I？」

小I似乎也沒注意到自己哭了，揉去了眼角的水痕後才哽咽地開口。

「對不起，爹地……我沒想到你會做這件事，這在過去沒有發生過，包括你確定了耶誕禮物……

「這場煙火跟他的好像，不——本來就一模一樣，我才會忍不住……

「爹地雖然總是說自己愛說謊，可是你比誰都享受人生，那肯定是她會喜歡上你的原因……

「因為她一無所有——她的人生跟我一樣一無所有！」

小Ｉ痛苦地雙手抱頭，聲音悽愴，我不自覺地伸出手。

「好像，有什麼，不一樣了，但是，可是……」

她的聲音開始變得斷斷續續，猶如壞掉的收音機。

在我真正碰觸到小Ｉ前，視線突然模糊起來，某樣東西刺痛了眼睛，伸出的手只抓住了一把——風沙？

從沒想過自己夢中那安靜冰冷的沙漠，也會捲起如此龐大的沙塵暴。

用想像建築的夢中樂園似乎被怪物粉碎，小Ｉ在沙塵中的身影也變得更加迷濛。

「爹地，我想要靜一下……」無視我的呼喊，小Ｉ的背影漸漸遠去。「但爹地——你知道嗎？」

最後，只剩她迴盪在耳邊的詢問。

「**你有沒有想過，夢境的彼端會是什麼？**」

在這之後，黃沙遮天蔽日，視野一片黑暗，接著——我醒了過來。

我獨自躺在床上，小Ｉ不見蹤影。

一開始，我天真地以為她只是在鬧脾氣，之後又會忍不住現身。

但我不曾再看到那寂寞的怪物——直到我失去所有的那一天。

十二月二十二日。

今晚是咖啡店提早舉辦的耶誕派對，我和學姐還有其他員工、包括老闆都來了。

說是派對，其實也就是吃吃訂來的披薩，看誰有什麼表演就上臺一下，最後開心交換耶誕禮物就結束了。

附帶一提，我準備的耶誕禮物如之前所言，是實用至上的家樂福禮券。而學姐準備的禮物則是她很喜歡的那隻骷髏人小模型。

雖然看起來也不是特別便宜的東西，但不知道收到的人會做何感想。畢竟收到禮物的不是我，總覺得有點難過呀。

我看向窗外，南下的鋒面仍然籠罩全臺灣，這一夜持續飄散零碎的細雨。

看來與A子的約會也要有雨天備案了，事先訂的餐廳是比較可惜一點……

將視線從打在窗上的雨點轉開，我望向坐在鋼琴附近的他。

「特地留我下來，該不會在考慮炒掉我吧？」

耶誕派對兩小時左右就結束了，我們直接原地解散下班，這可是老闆難得給的福利，我也想趕快回家縮在被窩裡。

如果可以的話，我還想去找失蹤的小I。

但不知出於什麼原因，老闆留下了我。

「偶爾陪我這孤獨的老人家聊個天吧，你要喝嗎？」老闆倒了一杯啤酒，爽朗地笑著問。

「不了，如果跟你喝酒可以領加班費的話我就考慮一下。」

「哈哈，你每次都對我頂嘴。」

「你的氣度才不會在意這種小事吧？」

而且說真的，在這之前他其實有更多可以不錄取我們的理由。仔細一想，這間咖啡店的員工都是有點過去的人。

殺人犯之子的我、被網路霸凌的學姐，其他還有中輟生或者同志之類的，被主流社會排除在外的我們聚集在這裡。

或許不是老闆刻意去這麼做，只是爽朗的他不只接受了我們的存在，甚至也有像之前對學姐那樣，不明顯、卻充滿關懷地提供員工幫助。

微不足道，卻足以讓人感激。

我看向磚牆上的印象派畫作，再次問道：「所以，老闆今晚留我的用意是什麼？」

老闆輕啜一口啤酒後，才正式說出他的用意。

「你跟常常坐在窗邊的女高中生——是什麼關係？」

……啊？

話題的方向出現非常意外的展開，我一時之間不能理解老闆談到A子的理由，只好笑著裝傻。

「因為其他人都嫌麻煩，所以總是推我去點單的那種關係。」

但老闆的腦袋可精明得很，顯然不認同我的說法。

「看起來就不是，我常常在觀察你跟她的互動，才不是什麼普通的員工與客人。」老闆進一步補充，「而且祐希雖然沒有講，但問她時那飄移的眼神就表現出來啦。那女高中生是她的情敵？」

這個要我怎麼回答！我只能嘿嘿笑著裝死。「原來咖啡店禁止跟客人來往嗎？」

「哈哈！問了個好問題！當然沒有！但——」爽朗地笑著的大叔老闆，突然話鋒一轉，「你知道她為什麼常常來嗎？那位小小的客人有沒有告訴過你什麼？」

老闆不可能知道吧？A子是為了跟我邂逅才每天來——

不，或許並不是如此。

祐希學姐比我早來打工，我曾私下問過她。其實在我出現之前，A子就常常造訪這間咖啡店。

當然也有她看到我會來這裡打工，預先過來思考的可能性，但我確實沒有問過本人。哪怕是這種簡單的問題，我都很少從她身上直接獲得答案。
「沒有。」我乾脆收起笑容，坦率承認了，但也對他多了幾絲警戒。
老闆晃動著不知不覺喝完的空酒杯，嘆了口氣。
「嗯——那孩子不告訴你也是合情合理，不過我一直有些事想跟你聊聊。」
「什麼事呢？」
我希望不是預言的事情。若是真的，事態的複雜程度簡直遠超過我的想像。
「或許，這也只是我的推測。」
老闆又倒了杯酒，今晚他是想喝多少啊？年近四十歲的型男大叔，此時的表情——似乎帶著懷念。
「那孩子不知道是來陪陪我，還是陪我的老婆。」
「老闆的太太？」
他點了點頭，眼神投向面前的鋼琴。
「這臺鋼琴原本放在家裡，在她過世後就只有袁藍華演奏過了。」老闆又到了杯啤酒，「我想那孩子是睹物思人吧，雖然連我都很久沒看過了……她的笑容。」
以前就多少聽說過，老闆的妻子早已離世。那或許就是這臺鋼琴除了藍華上門堵人那一次，從來沒有人演奏過的原因。
但老闆的話卻完全出乎我的意料，如果照他的說法——原來他跟A子早就是舊識？

「你和她的實際關係到哪一步了？」

老闆突然出聲質問，是在問我跟A子間的距離吧。我想了想，這個問題我該怎麼回答？

咖啡店老闆會不會是跟李騫有關聯的人？如果這裡沒回答好……

或許在這邊裝傻會更好，但——

「是平安夜會一起出去玩的關係吧。」

我偶爾也會犯蠢冒險一下，只因為我還算信任咖啡店老闆。

結果老闆稍微一愣，隨即眼神充滿鄙視。

「原來你喜歡幼齒的啊，劉松霖。」

「什麼幼齒！才差幾歲而已喔？」

我迅速回擊後，老闆也爽朗地笑了。

「年輕就是本錢呀～那如果你們在交往，你應該也知道了——她爸是立法委員李騫。」

「嗯。」

將啤酒一飲而盡後，老闆突然陷入沉默，表情相當複雜。

「關於李騫的傳聞我不知道你清楚多少，就算他是你女朋友的養父……我還是奉勸一句，不要跟他太接近。」

可以的話，真希望她不是被這人收養。老闆低喃這句話後，才接著說道。

「會這樣說是因為——我跟李騫是舊識，而且以前可以說是摯友。」

「什麼？」

我目瞪口呆，咖啡店老闆竟跟李騫有這層關係。這些，都是現在的我不可能查到的情報。

「都是些荒誕不羈的往事啦，我跟他以前是混黑道的，逞凶鬥狠從沒少過。」老闆放下空酒杯，笑容帶著苦澀，「我們浪費了無數青春歲月，好不容易才從小弟爬到資深幹部的地位。壞事也沒少幹過，雖然還沒到殺人的程度——但也毀了很多人的人生。沒想到，這傢伙竟還能當到立委。」

老闆又倒了一杯啤酒，看來這段過去真的讓他苦惱不已。厭惡中參雜著懷念，那樣複雜的態度，或許我在看待過去的袁少華時，也是這種心情吧。

「我本來就認識你的女朋友和她媽媽，那個人啊，是一位堅強卻也脆弱的女子，否則不會選擇那麼激烈的告別方式。」

老闆尚未講明，但我早就知道了。A子的母親最終選擇從純白別墅的陽臺一躍而下。

「別看李騫長得斯斯文文的，看起來很上相，但他不僅極具野心，還是個性格暴躁、充滿控制欲的人。他急著想爬到更高的位置，也苦了這對母女。」他低頭看著手中的酒杯，「在她媽媽過世後，我和我老婆都很照顧她，你女朋友和我老婆的感情很好，也就在這時候——李騫不知道抓到什麼契機，開始一飛衝天。」

老闆乾笑幾聲，語氣變得苦澀。

「李騫確實跟警界和媒體的關係很好，但即使是這樣，我也不懂為什麼他有辦法迴避那麼多危險，甚至搞來這麼多支持者，一路爬到立委的位置。」

因為他都看到了。我在心中嘆口氣，果然——李騫利用了A子的能力。

「但我知道很多這傢伙的事情——很多骯髒的事情，私下李騫可用了不少凶狠的手段，才能逼迫某些地方樁腳轉向。

「我沒立場指責他，而且隨著我老婆去世，這些舊事我也漸漸放下了，不久就退隱江湖開了這間咖啡店。會僱用你們，或許也是抱持一點贖罪的心態吧。」

老闆看向我的眼神哀傷但溫暖，接著嘆了一口氣。

「我跟李騫很久沒聯絡了，但對現在的他而言，應該還是很想處理掉我吧。」

我吞了口口水。

老闆只是在單純簡述他跟李騫的荒唐過去，可我已隱約察覺到，在那些描述中的某塊詭異疙瘩。

而那疙瘩已逐漸布滿我的後背，讓我連站都快站不住，忍不住問出來。

「這樣，應該不構成A子常常來這間店的理由吧。」

僅僅是懷念過往嗎？A子僅僅是想念老闆的妻子嗎？只因為對方很照顧她？

A子不會預言自己死亡

這種情緒推動著A子頻繁造訪這間咖啡店，最終認識了我？

我不這麼認為——在那背後的，恐怕是比思念更可怕的某種情感。

老闆眨了眨眼。「那是你對她的暱稱？聽起來滿有趣的，是因為A子不喜歡自己的名字吧？」

我能理解A子的想法，那樣的本名，不喜歡也是理所當然。

「不過沒錯，你的感覺很敏銳。」老闆攤了攤手，無奈地笑了。「其實是因為——**A子間接殺了我太太。**」

窒息的沉默瀰漫。

但老闆很快就笑了出來。

「哈哈！這樣說太對不起她啦！事實上跟A子一點關係都沒有，只是一場交通意外。記得……是在A子十二歲生日那天吧？」

他的笑容黯淡下來，右手轉動著左手無名指上的戒指。

「我們兩家過去就像一家人，那晚李騫訂了餐廳，我有事會晚到，我老婆打算自己先開車過去。但後來A子打電通知我老婆，說餐廳臨時換了一家，但就在她開車去新地點的路上——遇到連環車禍。」

老闆瞥向A子常坐的那個位置，表情相當沉重。

「我一直很想告訴A子，她不需要為此自責。可每次看著那孩子坐在這裡，在自己周圍豎起冷漠的高牆，我就怎樣都說不出口。」

他嘆了口氣，揉揉鼻樑。「那個名字，或許真的不適合這一生坎坷的孩子。」猛烈襲來的暈眩感，差點讓我站不住。

這不是巧合——而是故意為之的結果。

何止是間接殺人，根本就是李鶱為了截斷老闆在未來洩露任何對他不利的舊事的可能性，所以先一步從心靈上徹底擊垮深愛妻子的老闆。

他讓看見了意外死亡可能性的A子變更命運，「直接殺死」了老闆的妻子。那為掌握權力而犧牲周遭一切的邪惡，讓我深深作嘔。

「老闆抱歉，我想先回家了……」我單手摀嘴，向後退了一步。

老闆擺擺手，沒有多做挽留，舉杯又灌了幾口啤酒。

但在我拿好包包走到店門口時，他突然叫住了我。

「劉松霖，你是不是常常在想，自己能為這世界帶來什麼貢獻？」

「嗯……」

我並沒有多做回應，但老闆以過於成熟的姿態溫柔地笑了。那是經歷一切滄桑，回頭發現一身孑然後才能展現出的態度。

「能不能試試看？為你口中的A子，為這位女孩帶來一點幸福？」

充塞在我胸口的，是過於複雜的情緒。

是憐惜？是憤怒？是無奈？還是——就如老闆所說，是希望這女孩能過得幸福的「渴望」。

最終，我只是點了點頭，穿上外套後踏出了店門。

早已無可救藥的我，能夠為那女孩帶來微小的幸福嗎？

回到租屋處簡單盥洗後，我無力地躺在床上，腦袋怎麼樣都無法靜下來。

我雖然常常半開玩笑說A子的行徑像是怪物，有時還會恐懼她展現出的無情，但內心深處也一直期望著——A子只是表面上逞強，她至今的人生並沒有過得太糟糕，也沒有利用夢境能力成為死神。

光是糾結這些對現況也沒有幫助，我試著動腦整理現有的李騫情報。

黑道背景、擁有野心與強烈的控制欲，在養女的異能協助下爬到現在的立法委員位置。

而從咖啡店老闆妻子的事件，我已經無法否認這個事實——A子是李騫的共犯。

但話說回來——要求一位被母親自殺的陰影的籠罩小女孩，站出來抵抗養父的掌控，是不是太過殘忍了？

「搞什麼啊……」

我這苟且偷生、為此自責多年的人生，跟A子相比根本不算什麼。

這種時候，多希望小I可以和我聊一下，但這幾天不管我怎麼呼喚，甚至在沙漠夢中來回搜索，都找不到逃跑的小I。

「唉。」在床上翻轉幾圈後，我下了決定。

我撥出一通電話，並不期望對方會接。

「妳還沒睡？」

「嗯。」

電話順利接通了，也聽到A子一如往常的冷淡回應，我的喉頭湧現千言萬語，卻什麼都說不出口——面對這無情的現實，我又能做些什麼？

不管是對學姐還是對藍華，我都沒有真正幫助到她們什麼。

這一刻的自卑讓我更加躊躇，但我還是裝作沒事地閒聊。

「只是來提醒妳後天要準時，還有妳的耶誕禮物準備得如何了？不要到時只有我單方面送禮物喔？」

「差不多了。」

接著沉默還是籠罩而下。

我突然想到，A子或許早就看到了今天我和咖啡店老闆的對話，但即使如此，她也什麼都不會講吧。

我在心中嘆口氣，打算直接道晚安。

「耶誕禮物，我很期待。遇見你後的日子——充滿了可能性，很開心。」

……啊？

我剛想說什麼，但這次對面先掛了電話，我只能呆望著手機的桌面——在咖啡店偷拍的A子側臉，很生人勿近。很美。

最後，我忍不住笑了。

「結果還是被妳安慰了啊……」

明明真正置身深淵的人是妳，為什麼卻是我一再被妳拯救？

「哈……」我揉了揉泛紅的雙眼。

雖然毫無頭緒，但我的這份心意不會改變。

即便活得像渣滓、就算要耗盡一生——我也會想辦法將妳從深淵中拉起。

第三章
愚者的掙扎

Miss A Would Not Foretell
Her Own Death

A子不會預言自己死亡

很快就到了平安夜，十二月二十四日，星期五。

這天下午，午後打盹的我再次進入自己的沙夢。

佇立在其中一座沙丘上，我雙手插腰、抬頭凝視那不屬於地球的星空，想起了之前小I說過的話。

因爲爹地的靈魂是荒蕪的呀。

經歷那一切的你所換來的，就只有這片寬廣無際、卻什麼都沒有的沙漠，這不是很諷刺嗎？

但是，爹地仍然必須前進，就算夢中只剩這片沙漠也是。

「必須前進，嗎？」

我喃喃自語，這一次的搜尋仍舊徒勞無功。不管在沙漠中花費多漫長的時間，我都沒找到下落不明的小I。

我也終於意識到小I現在是故意躲著我了，但這麼做的用意在哪？就算是自己的怪物，我卻從未了解過雨衣少女的想法，對方也不願透漏更多。

個性雖然相反，但這一部分的本質倒是跟我——或者說跟A子很像。

我無奈地搖了搖頭，最後只能原地躺下，放鬆身體，任自己沉入冰冷的流沙。

「我必須回到現實了，小I。」

在這片沒有生機、天空也從未變換色彩的沙漠中，時間的長河彷彿停止流動——

實際上卻不是。

就像之前陷入藍華夢境那次一樣，當我醒來時，現實已過了數小時。顯然就算強迫自己一直做夢下去，現實的我們肉體仍會衰老。夢終究會甦醒，能真正存活在那一端的或許只有怪物吧。

「平安夜後再好好跟妳談吧。」

我對著虛空喊話，相信小I一定就躲在附近。

當然，這次她還是沒有應聲。

我和A子約五點在租屋處見面，現在差不多四點。從夢境中脫離後，我稍微整理整理儀容，披上外套打開門。

「果然在這裡啊，妳又翹課了？」

縮在走廊角落的A子，裝扮與前幾日差不多，脖子上套了毛線圍巾、長袖白襯衫外罩著針織外套，黑短裙下也是看起來頗厚的黑褲襪，方形側背包一樣放在身邊的地上。

我看了看天色，連續幾天的糟糕天氣在今天稍微轉好了，雖然天空依舊飄著陰雲，不過一整天都沒有下雨。

至少，老天爺還賞臉給我一次機會。

A子不會預言自己死亡

雖然這段時間下來漸漸掌握了這隻貓的行為模式，但難得猜到她已經在門前等待，我忍不住咧嘴一笑。

「跟餐廳訂的時間是七點，早到還是要在外面發呆喔。」我往門內退後一步，「要不要進來休息一下？讓女孩在外面瑟瑟發抖可不好。」

「嗯。」

還算意外地，A子沒有猶豫就接受了我的提議，跟著我回到屋內。

我拿出多的馬克杯，用在咖啡店做的濾掛泡了一杯熱咖啡。雖然A子也常喝無糖黑咖啡，我想了想，還是加了一點牛奶做成拿鐵。

狹小的套房內沒什麼空間，A子就坐在床緣一口一口輕啜熱拿鐵，遠遠觀察還是既優雅又可愛。

「話說回來，除了第一次來給我看妳的夢境，之後妳好像很少進來呢？這麼喜歡外面個那角落嗎？」

她靜靜注視著我，雙眼無波、漆黑又漂亮，我仍然猜不透少女的心思。

「不，只是沒必要。」

沒必要嗎？很有A子風格的回應。

雖然聽起來像是自己的心意被踐踏了，但我們等等就要去約會了，所以確實就只是A子懶得進門而已。

「如果進屋被歸類在『沒必要』，這樣妳其實做過不少『沒必要』耶。」

雖然她必須說服我相信她、協助她，但仔細想想，這段時間裡她還是有太多不需要的行動。

正因為人類會做出這些不必要的行動，才會產生比較愉快的回憶。

A子雙手捧住的馬克杯停留在半空中。

「是嗎。」少女垂下頭，若有所思地注視著上升的熱氣。

我在電腦椅上坐下，想起前晚打給她的電話，勾起嘴角故意問道。

「我啊，想給妳個大驚喜，但妳或許也用電視機看過了吧？」

「我不會看。」

我相信這是實話。幾個月下來的觀察讓我注意到一件事，用字很省的A子只要開口，基本上不會說謊。

問題只在於，她不見得會說出完整的狀況。

「因為這不必要？」

對於我故意的詢問，她輕啜一口拿鐵。

「因為這是必要。」

真是過於巧妙的回答耶。

「這種不想先看到禮物的心態，跟期待耶誕老公公發禮物的小孩子沒兩樣喔。」

「是嗎？」

A子不會預言自己死亡

這種不想得到回答的疑問句也是A子說話的特色了，她繼續以優雅的姿態喝著熱拿鐵。

本來我還很擔心，前天從咖啡店老闆身上得到的情報會讓我難以維持理智。但跟A子見面後的相處——倒是一如往常到讓人放心。

我們在屋內悠然地喝完咖啡後，才出門走到機車停放的小巷。

我抬頭觀察現在的天氣。

十二月的太陽一天比一天早落下，暮光餘暉中的天空乾乾淨淨，方才的陰雲已經不見蹤影。

搞不好等我們上山吃晚餐時，連冬季星空都能夠看得一清二楚。

一想到此我就大鬆一口氣，忍不住露出勝利的笑容。

「看來我訂室外用餐的餐廳是賭對了。」

雖然很冷，但冬天的山上少了很多蚊蟲，所以我更喜歡在外用餐。

身旁的A子用極端理性的雙瞳盯著我，控訴我的不理性。

感覺到她很想出聲抱怨，我趕緊從後座拿出安全帽，硬是塞到她手上。

「給。」

「……」

在我轉動車鑰匙準備出發時，A子才終於開口。

「你要直接騎車上山？」

「不，還是排隊搭纜車更好玩吧？」

湊熱鬧排隊不是我這種扭曲個性會選擇的行動，但身旁有女朋友時意義就不太一樣了。

「有妳在旁邊當觀察對象，排隊的時間都不無聊了。」我諂笑著說道。

「很無聊。」

……是很無聊。

平安夜，我們的晚餐地點並非在這座繁忙的城市裡，而是預計搭貓空纜車前往山上。在那之前，騎機車的車程約半個鐘頭，我載著A子到了貓纜動物園站。

沒想到——排隊的民眾跟我預期的差很多，比想像中更稀疏。

或許是到前一天都還在下雨的關係，並沒有多少人想去又冷又溼的山上吧。

「本來還想牽著妳的手避免走失的，真可惜。」

你在講啥幹話？A子始終用那種表情回望著我。

連手機都還沒找到偷拍A子的好角度，我們很快就用悠遊卡通過了閘門口，在工作人員的引導下跨入了一般車廂。我們沒有相鄰而坐，反而分坐兩端直面對方。

我靠在椅背上張開雙臂，無奈地說：「不坐在一起嗎？我還以為妳會害怕。」

A子似乎不明白我的意思，我只好笑著解釋。

「回程再搭水晶車廂吧，那種全玻璃的車廂。不只是車廂四面，連腳底下的山景都看得到。」

搭車時可以選擇要透明車廂還是一般車廂，因為我想趕快上山，還是先選擇了普通車廂。

我瞇起眼睛，故意露出挑釁的笑容。「如果是水晶車廂，我妹肯定會嚇得要死，那A子大小姐妳又如何呢？」

雖然我感覺就算面臨世界末日，這孩子也同樣無動於衷。

畢竟也不知道世界末日和她自己的人生終結，究竟是何者會先抵達。我不希望是後者就是了。

「沒什麼。」

果然連回應都輕描淡寫，但我的笑容不變，以雞掰人的態度故意問出那個敏感的問題。

「感覺天不怕地不怕的妳——會害怕自己的死亡嗎？」

她眨了眨眼睛。

「要說的話，並不怕。」

不怕？

或許積極對抗命運的前提是必須承認現實，或許過去的A子總是做出傷天害理的預言，所以等待著自己遭受天譴……我吞了口口水。

「我不希望——妳把自己的死亡視為理所當然。」我的語氣參雜著些許憤怒。

我想起我們初次交談的那一晚，正因為相信自己會在「那個」時間點死亡，知道自己不會死，所以不管在現實或是後來夢中的天臺都能一躍而下。

就某方面來講，還是太過扭曲的想法。

第一次見到A子微微睜大雙眼，似乎有些嚇到了。

「嗯。」

少女輕輕應了聲，那顯露出脆弱的表情讓我有些心疼。

唉，自己是在凶什麼？我搔了搔頭，瞪著窗外的山景道歉。

「抱歉，是我讓話題變僵了，反正離妳成年還有一段時間嘛，先享受今晚的平安夜囉。」

她沒有回應，本來以為沉默會持續下去，但在我開始反省自己說話態度不夠成熟時，A子冷淡的聲音卻突然傳入耳裡。

「我沒看到。」

轉頭一看，A子的雙眼又再次布滿雜訊。

不對——這次連身體都扭曲起來，夢境的異象再次侵蝕現實。

上次看到這種狀況是什麼時候？好像是第一次被A子帶到純白別墅那時……

A子不會預言自己死亡

我的內心忐忑不安，但A子接著說出的話卻意外輕鬆。

「你開了門。」

「啊？」

回復原樣的A子無視我的訝然，繼續解釋。

「你開了門，讓我進屋。我沒看到這個分歧。」

「不看禮物的原因——」我忍不住追問。

「也是因為，不見得會看到真正的答案。」

這麼說來，跟A子相處過來的這幾個月，她似乎一直在強調這一點——和我在一起的時候，她窺視命運的能力會不太準確，充滿了未知性。

「不管是徐祐希還是袁藍華的事件，我指引你到最重要的分歧點。可之後你做了什麼，我沒辦法完全看見。正因為未知，就算微不足道，」她轉頭看向車廂外的景色，「——我都很開心。」

今夜的她有點特別，不只給人的感覺比平常軟弱，話也似乎多了一點。

而且——第一次清楚解釋來龍去脈的A子，嘴角邊竟微微勾起笑容。

A子是發自內心地喜歡與我共度的那些時光，她才會在前幾天的電話中，以自己的方式努力安慰我吧。

少女的笑容讓我想起在純白別墅陽臺上盛開的向日葵，好美。

我的喉嚨一緊，實在不知道該怎麼回應。

「啊，是啊。」

為了掩飾，我扭動十指並露出猥褻的笑容。

「那妳應該也會看到吧？今晚我要吃掉妳的畫面。」

就是那種意味的「吃掉」，畢竟今晚是俗稱的性誕夜呀。

「有看到。」

「……」

不，應該沒看到吧。

但即使A子難得的坦誠，這還是遠遠不夠。

認識至今近半年，就算她是因為預言找上我，就算她不排斥陪伴在我身邊的每一刻，少女卻……始終不願意透露更多關於自己的事情。

搭纜車來到終點站後，我們頂著山上的寒風步行到預定的餐廳。

本來擔心的水霧也沒升起，此刻的貓空意外地是個乾冷的夜晚。

我們走過山間道路，來到位於三樓的餐廳，眼前的一切豁然開朗。

這裡算是間露天餐酒館，有調酒可以選，整體的裝潢偏現代，在貓空山上點亮迷人的光芒。

數個山頭外，是臺北璀璨的夜景。遠方也能看見臺北的重點地標，那棟已經被很多高樓超越的臺北一〇一。

想起之前在一〇一觀景臺上跟小I和A子一同眺望的城市近景，從這個距離看出去的臺北夜晚倒是別有風味。

而且——走到無天花板的區域抬起頭，就能看見廣大的星空展現在渺小的人類眼前。

雖然多少被盆地的光害影響，但相較於市內，此時此地的這片夜空更加接近原始樣貌。

「果然，不管怎看都跟夢中的星空不同。」

存在我夢裡的沙漠星空還是無解的問題，或許也沒必要對夢境背景太過糾結。

除了氣溫有點低之外，這個約會地點簡直無懈可擊。我觀察著身邊體溫偏低的A子，似乎也沒有很冷的樣子。

在員工指引下，我們坐到提早預約好的露天區域，我假裝豪氣將菜單滑向她。

「隨便妳點吧，今天我全請。」

「你有錢？」

「沒錢。」

畢竟坐在對面的是立法委員的養女，我還是選擇老實回答。

A子只是沉默地看著我，看來也注意到了菜單的價格——不算非常昂貴，但兩人吃下來也要一點錢。

「平分？」

「我平常都請過妳幾次了，哪有差這次？就我請吧。」

「嗯。」

也不知道A子會不會出手，其實我是希望她能偷塞錢給我啦。

總之兩人將想吃的東西勾一勾交給服務生，我搓了搓有些發冷的手，笑著開口。

「用餐時間不要談阻礙腸胃蠕動的話題，我們來玩一些小遊戲吧——主題是『如何讓A子表情改變』！」

A子默默盯著我，沒有反應。我直接拿出背包裡的第一款遊戲。

「第一個小遊戲是抽積木！我要拍下妳擔心積木倒光的恐慌表情！」

因為山上的風不算小，我還跟員工借了菜單來擋。

但不愧是經歷大風大浪的女高中生，就算抽到最後大樓已搖搖欲墜還是面無表情，心臟是鐵打的！

最後輪到我時，整座積木隨著我抽出的動作應聲倒下，太不幸了。

「下一個遊戲，鱷魚拔牙齒！如果妳被咬到能嚇一跳就更棒了。」

當然玩具鱷魚的牙齒一點都不利，A子被咬時也一點反應都沒有。

前兩款似乎都不太成功，不過第三款保證有效！

「最後一個小遊戲——我們來吃pocky吧！看誰先咬掉就輸了！」

這個我就不信不行！是女孩子總會害羞吧！

A子也接受了挑戰，於是我將巧克力棒咬在嘴邊，她便主動貼上來。

彼此越來越近，少女漂亮的眼瞳也越來越清晰——

結果是我主動咬斷巧克力，忍不住捧腹大笑。

「哈哈哈哈！完全不行啦！為什麼妳的表情都不會變！」

正因為從頭到尾都那個死樣子，反而太有笑點了。A子感覺有些氣噗噗，但語氣依舊冷淡。

「你出錢。」

「對不起。」就算是男人，還是得屈服於經濟壓力。

小遊戲玩一輪後餐點也剛好陸續上桌，將東西收一收後，我挖一口金字塔炒飯的邊角，自己倒沒有先吃，而是塞到A子嘴邊。

雖然A子的表情看起來有一些意見，不過還是張開小嘴接受了。

「誰先吃誰請客。」我壞笑著說明自己的用意。

「幼稚。」A子立刻反擊了。

用餐時間就這樣維持著愉快的氣氛。望著臺北盆地中心的一〇一，我突然滿心感慨。

「像現在跟『共犯』在這裡一起開心吃著飯，真是過往想都不敢想的事啊。」

「嗯。」A子夾著的那塊茶燻雞在空中頓了頓。

我故意露出頑皮的笑容說：「我愛妳喔，A子。」

她停下動作，微微皺眉盯著我。

「妳一定會想說，怎麼會在吃飯間突然說這個吧？有夠肉麻之類的。但我做人一向很白目，覺得該說就要說出口。」

至於更重要的交換禮物，我不想在晚餐時間拿出來，畢竟還有更適合的時間點。

我用吸管攪了攪手邊的鐵觀音，轉頭望著夜景。

「當初約定好，如果順利解決學姐的問題，妳就要跟我交往對吧？」

對面的少女一如既往地保持沉默。

「但以這幾個月來的相處來說，我們之間並沒有什麼親暱互動，有時或許還在互相揣測彼此的想法。」

我盯著遠方的燈火，深吸一口氣。

「雖然我很喜歡這種相處模式，但我希望我們彼此間不再只是『共犯』的關係。而且妳幫了我這麼多，我……」

我回頭直視少女。

「年底了吧？我想結束這模糊的概念了，所以——我想大聲說我愛妳，就算妳要我現在對著臺北盆地大喊也沒問題。」

對於我突然再次提出的告白，A子只是喝了一口茶。

「你活得很直率。」

我張大眼睛，沒想到連A子也這麼說，這跟小I的想法也有些不謀而合。以前的袁少華確實過得任性妄為，成為劉松霖後則是消極地逃避一切，沒想到A子會這麼評價我。

「我也希望妳直率一點呀。妳有沒有想過？如果有位女孩長得跟妳一模一樣，但比妳更會笑、更願意表達自我。」雖然她也有很多沒講出口的話，我想著多日不見的小I。

「……並非沒想過，但那個她也不是我。」

A子的回答有些奇妙，我還來不及細想，她就繼續說道。

「我利用你，以求內心的寬慰。」

這跟上山前在纜車車廂內的對話並不衝突。A子終究是人類，幫助人對她來說也會感到滿足，我想她就是藉此彌補自己犯下的罪孽。

對比於一路走過來被控制的魁儡人生，這背後的真相讓人心疼不已。

「我們之間的關係並不對等。即便如此，你還是愛我？」在遠方璀璨的燈火前，A子第二次質問。

或許幾個月之前，我到這種時刻反而會退縮，用虛假的笑容掩飾真實的想法。

但這次——我只是堅定地回應。

「啊，是啊。我愛妳。」

「……」

我努力露出真誠的笑容，繼續解釋。

「妳不用馬上給我答案，但我必須先告訴妳我的想法。否則晚一點的交換禮物，就沒有任何意義了。」

「不在吃飯時交換？」

「不了，還是先吃飯吧。」我故意賣關子。

之後，少女也沒有正面回應我的告白，大概——不會就這樣被甩掉吧？

但我們之間的氣氛也沒有太差，度過了不錯的平安夜晚餐。

．

因為彼此都放緩了用餐速度，吃完晚餐後時間已經超過七點。

在離開前，我們喝著茶，靜靜欣賞片刻臺北的夜景。不過最後還是我付的錢，A子是魔鬼。

回程的時候在貓纜排了一下隊，這次搭上地板透明的水晶車廂。

「如果怕的話可以抱住我喔？」

「……」

當然A子也不是小孩子了，她沒有回應我的期待，坐到了對面。

下山的車程估計也要二十分鐘左右，就是這時機了。

A子不會預言自己死亡

我從背包裡拿出不大的長方形禮物盒，交到A子手上。
「來交換耶誕禮物吧。」
「嗯。」
A子沒有多說什麼，同樣拿出包在紫色包裝紙裡的禮物。
如果同時拆開似乎不太好玩，我笑著示意她。
「妳先拆吧，我很期待妳的反應。」
「……」
少女默默拆開禮物盒，不過她的反應果然如同預期，沒有太大的情緒變化。
「這是？」
出現在A子手上的是本比她常看的厚書還要薄一點的、裹著精緻書衣的手帳。
而封面那片純白的雪景，就是小I會說這個禮物不適合A子的原因——不適合浸在汙泥中的她。
但這其實是我的期望，希望能與A子一起迎接如雪那樣寧靜的未來。
儘管以我們的身分而言，這恐怕只是奢求。
「這個耶誕禮物不貴，我想妳在生活上也不缺什麼，但……」我抓抓頭笑了，「這裡面是空白紙，我——想和妳寫交換日記。」
「交換日記……」

A子的聲音竟然動搖了，就算試著保持冷漠，她的身體卻微微顫抖著。

咦？不喜歡嗎？我有點慌，連忙解釋起來。

「A子，因為我愛妳──所以我希望妳可以更坦率一點。應該說，我一直希望妳能夠將自身的痛苦，分攤一些給我。」

「……」

她的雙手緊緊抓住手帳邊緣，垂下頭避開我的視線。

「妳幫了我太多太多，但這樣果然太狡猾了吧？我也希望能幫上妳，最初也是因為相信著那渺茫的可能性，妳才主動找上我的不是嗎？」我深吸一口氣，「但是，要讓我能幫上妳──妳得願意告訴我更多事情才行。」

我現在不會告訴A子，我私下花費多少時間去調查她家的狀況。也許我為此焦頭爛額的畫面，也早就被少女看在眼底了。

儘管如此，我還是傾身半跪在她面前，握住那雙冰冷的手。

「妳願意信任我嗎？妳願意相信我能改變妳的死亡命運嗎？就算是我這人渣，我也想為誰帶來幸福。」看著我們在純白手帳上交疊的雙手，我的聲音有點沙啞，「我知道妳害怕表達自己的情感，所以送給妳這本交換日記。妳可以把妳害怕說出的事情都寫在裡面，我一定會仔細看，我們一起想辦法改變妳的命運。」

看不到未來的我們，只有像比翼鳥那樣彼此扶持，才能一同飛向未來。

「我想說其實只是──請妳信任我，好嗎？」

但，對於我的表白，A子卻別開了頭，不敢直視我。

「不……」

少女的聲音，開始帶著一些嘶啞。A子的臉上沒有眼淚，但她的情緒顯然已經潰堤了。

「我……」

A子似乎不知道該怎麼回應，發著抖的她將純白日記緊緊抱在胸口，垂下的髮絲遮掩住她掙扎的表情。

看著這樣的A子，我坐回身後的座椅，在心中大嘆了很多口氣。

果然沒有用嗎？還是進展衝太快了？或許，還要再給彼此一點時間？

就算——少女即將在十八歲迎來自己世界的終末？

我的內心滿是焦慮和困惑，把她給我的耶誕禮物直接收進包包後，看著外頭的山景發愣。

短暫的回程纜車即將迎來終點，我的心卻靜不下來。

從袁少華到劉松霖的人生，或許從沒有得到救贖。雖然學姐和藍華很信任我，但也就僅止如此。

「到底在——」

咬緊牙根、腦袋一團混亂的我並沒有仔細注意到，A子不知何時已默默坐到我旁邊，偷偷牽住了我的手。

她單手張開輕放在嘴側，在我耳邊說起悄悄話。是某幾個字。

然後，正如我對她始終如一的評價，A子是一位充滿行動力的女孩子。她將此個性貫徹到底，雙手撐著坐位靜靜逼近我。

雙眼闔上什麼都沒說——少女的一個吻，最終落在我的臉龐。要說的話，在袁少華時期，絕對不是沒有跟女生接吻的經驗。但連側臉親吻都有些心癢的狀況，這倒是第一次。

我有些忘記自己怎麼走到停機車的位置，腦袋從下纜車後到現在都還是有些茫茫然。

黑髮少女在那之也沒有再說話，可我察覺到那個吻就是她的回答、她的心意。

如果想法有好好傳達，那就夠了。我將安全帽交到A子手上，這時她突然開口提醒。

「禮物。」

「啊，還沒看妳的吼？」

A子輕輕點頭，我為自身的疏忽感到深深抱歉，趕緊從背包裡拿出紫色紙袋。

要說不期待也是騙人的，但我前陣子大都在努力思考要怎麼向A子表達自己的想法，並不算太在意她這邊的禮物。

不過，真正拆開時倒是很訝異。

「手套？」

紙袋內是一雙粉紅色的毛線手套，上面還編了一些貓圖案，讓男生戴是有點可愛了。

A子也從自己包包裡拿出另一雙毛線手套，樣式看起來一模一樣。

「原來是情侶款嗎！」

任性妄為的A子才不理會我的訝異，只是逕自解釋。

「我織的，一份送你。還有……」

她似乎還想說什麼，最終卻打消了主意。

至少我感受到了少女的心意，笑得合不攏嘴。

「看起來應該先拆妳的禮物才對，這也算是妳的告白了不是嗎？」

「若你要這麼理解。」

A子沒有否認，那態度讓我更覺得她可愛了。

忍住心裡癢癢的感覺，我迅速跨上機車，準備用騎車的時間讓自己冷靜一下。

「不過都這個年代了還親自織手套，妳還真是賢慧耶。」

「……」

感覺到後面A子的視線很不爽。

由於時間還不算太晚，加上明天又是週末，我戴著A子到臺北市區逛一逛。

看完電影後一同在百貨公司外欣賞漂亮的耶誕樹，A子佇立在廣場上，專注地凝視上頭的燈飾。

在璀璨的燈海中，我想將那太過夢幻、彷彿在黑暗中仍渴求一絲光明的少女身姿拍進手機裡收藏。

「嗯？」掏出手機的我停住了動作。

A子的眼眶裡泛著淚水，她偷偷哭了。

這一刻，我還沒能理解少女為什麼默默哭泣。

我正想說些什麼，但倔強的A子單手拭淚，迎上了我的視線。

「怎麼？」

對於她的回問，我只能尷尬地說：「沒事。」

A子默默落淚的狀況讓我有些詞窮，卻只見她將手套默默收起。

「騎車再戴。牽手比較暖。」

我眨了眨眼，笑著也把自己的手套脫掉。

「是啊。」

她盯著我抓在手上的手套。「幫你把手套放在背包裡？」

「好呀，麻煩妳了。」

等A子幫忙收好手套後，我牽起少女略冷的纖細手掌，繼續在鬧區的燈海中閒逛。

誰都不想回家，誰都不想面對現實。如果——時間能停滯在這一刻，似乎也不錯。

但在跨過十二點後，平安夜也到此結束了。

最終，我依依不捨地載A子回到那棟高級大樓，因為她養父不希望養女在外過夜。

這或許是她逃避的理由，畢竟A子也不是沒來我家住過，但我沒有戳破她的謊言。我們還有很長的時間，今天能確認少女的心意已經足夠了。

「交換日記在妳那邊，明天就從妳開始寫吧。」

「嗯。」

A子靜靜應了聲，我露出苦笑。

「不要一片空白的還我喔？明天我有排班，妳來咖啡店的時候再給我吧。」

對於我們的關係，我希望在平安夜後能有更多實質的進展。

我抱著對未來的期待，對少女揮了揮手。

臉上看不出異狀，A子點點頭，轉身走向大樓入口，準備回到那等同鳥籠的家。

我有辦法拯救她嗎？

才這樣想著，她卻突然回頭，抬手對我揮了揮。

「再見。」少女的嘴角露出淺笑。

與在純白別墅和纜車上的時候不同，A子的這抹笑容比之前都更加無防備，展現了內心的幸福。

啊……

一切的努力，在此刻似乎都值得了。但總覺得——也有點寂寞。

「明天見。」我也笑著回應，搔了搔頭往機車走去。

不知怎麼地，我開始期待起明日的到來。

我們會一如往常地在咖啡店見面，她會帶著不知道寫了什麼內容的交換日記，我會看到更加真實的A子……

我希望，她能夠活出與自己名字匹配的生活。

——此刻的我仍天真地以為，少女還擁有未來。

在我戴上安全帽前，眼角瞥見一位男子快速走向大樓，直直來到緩步前進的黑髮少女身邊——

在平靜的深夜，槍響劃破空氣。

過去的我從沒想過，事先也根本沒有任何預兆。

但殘酷的未來，就是這樣毫無聲息地造訪了。

平安夜，以A子的死亡畫下句點。

第四章
時鐘滴答滴答

Miss A Would Not Foretell
Her Own Death

在那之後發生的事，我已模糊不清。

在看起來年輕的男性犯人槍殺了少女後，大樓保全與路過的行人勇敢地壓制了他，還有人立刻報警與聯絡救護車。

不知是不是保全先連絡了住戶，在一片混亂的現場中，有位中年男性從大樓內衝出來。

是李騫。

他對癱坐在少女屍體旁的我投以嚴峻的表情，從那憤怒的眼神，可以看得出他心中真正想說的話：**你爲什麼沒有保護好她？**

但李騫很快就又投入悲痛欲絕的父親角色，以焦急的姿態守候在A子身旁，有人在旁努力止血，即便當下大家都已明白——

倒臥在地上的少女，早已死去了。

之後我被警察帶走，做了幾小時的筆錄後被逐出看守所。

而外頭早已亂成一片，擠滿了好事的記者和群眾。

「你是李立委女兒的男友嗎？你知道為什麼她會被槍殺嗎？」

「你是不是劉松霖，難道是袁少華案的綁匪小孩？」

「你們昨天是去約會嗎？這是情感糾紛嗎？」

我沒有回應、沒有做出任何反應，拉下上衣兜帽，直接搭上警局叫的計程車離去，回高級大樓那邊騎走機車。

終於返回租屋處後，我鎖好大門，拉上窗簾，腦中、胸口空洞一片。在名為劉松霖的軀殼之下，除了疲憊，什麼都沒有剩下。

我能做的、或者說我唯一辦到的事，只有瑟縮在牆角。

我哭不出來、發不出聲音，茫然地感受著刺骨的冰冷空氣。

窗外傳來啪答啪答的聲響，冬雨再次降下。

我仍然是命運的俘虜。

到頭來，自己還是在夢中的那間囚房。

在不知持續多久的昏昏沉沉中，我睡睡醒醒，因回想起現實、回想起手中少女的餘溫，一次又一次逼自己再次墜入黑暗。

每一次都是短暫的淺眠，頭重到好想直接拆下來，但生命又豈是能輕易捨去之物？

曾有一位少女如此渴望生存，卻提早迎來命運的終點。

我並沒有進入任何夢境中，只是重複切換著黑暗與房內迷濛的燈光，無意識與有意識。

那在現實與睡眠中掙扎的畫面，似乎也成了一場惡夢。

我失去感受世界的五感，不想看見黑暗中的光芒、不願品嘗溫熱的食物、連冬天的冰冷都感受不到。

某一道聲響，試圖打破濃稠凝固的時空。窸窣的雨聲中，混入了我的手機鈴聲。

「啊……」

丟在桌上的手機響了，本來不想管，可鈴聲停了之後，沒過幾秒又再度響起。

我照樣不理它。

鈴聲重複撥放，反應出對方的積極與執著。

我摀住雙耳、始終沒有動作。

打來的是誰？我並不想了解。

但對方不死心，三不五時就打來的鈴聲開始讓我不耐，停止起伏的情緒被迫體會到煩躁。

「為什麼——連片刻的安寧都不給我？」

不知過了多久，世界總算重新安靜下來……沒電了？我拿起書桌上的手機，查看來電者。

……是學姐。

我將手機關機，扔到一旁，重新躲回角落縮著。是啊，什麼都不想，只要繼續睡就好了。

那就是最適合袁少華的人生。

自甘墮落不求上進，最後落得劉松霖為我犧牲的人生。而這次，一樣犧牲了那位少女。

我不想面對現實，不想正視自己沒有拯救A子的事實。

可這次一閉上眼，卻想起那場藍華建構的美夢、夢中的天臺，以及將我喚醒的少女身影。

「如果妳看到我這廢物樣，大概又會說我很可愛吧……」

關機前，手機上顯示的日期是十二月二十六日的凌晨，我已經一天以上沒有進食了。

如果就這麼任性下去，有沒有機會就此跟這世界告別呢？

但我終究無法貫徹這種過度消極的想法。過去推動我活下去的是劉松霖，現在則多了一位——在想放棄一切的這瞬間，腦海裡閃過A子的面容。

少女冷淡美麗的臉蛋，還有那想觀察我有什麼能耐的眼神。

「死了也不放過我啊……」

我無奈地苦笑，只能拿出房間裡預備的泡麵加減充飢。

泡麵索然無味，為了減少進食的痛苦，我打開了電腦，盯著在黑暗房間中異常刺眼的螢幕。

我想起少女蹲坐在電視機前窺看命運的畫面，以及夢中那彷彿擁有自我生命的昏暗房間。

A子不會預言自己死亡

身邊的一切都強迫我喚醒記憶，我卻沒辦法向罪魁禍首埋怨。真是過分啊，A子。

鼓起僅剩的勇氣點開網頁，跳出的快訊顯示今日鋒面再度籠罩、全臺陰天有雨，我顫抖的手指輸入關鍵字，搜尋少女槍殺案的後續新聞。

但找到的資訊越多，就越對這現實感到絕望。

凶手是輟學少年，據說是被幫派吸收來當殺手，但他本人跟李家並無任何過節。新聞已經在瘋傳八卦，立法委員李騫不但有著黑道背景，已經擋人財路到對方活不下去的地步，被逼到末路的幫派為了報復，就故意拿他的親人開刀。

就算死了養女對李騫本人來說不痛不癢，但政治人物最重視的就是「表面上的潔白」。

這次的槍殺案讓李騫的黑暗過往浮上檯面，恐怕他的政治生涯也到此為止，無法爬上更高的官位。

「搞什麼啊——」

我緊握住顫抖的拳頭，但最終沒有捶到桌上。我已經麻木了，而且這樣宣洩情緒對現實一點幫助都沒有。

只是……

「為了這種理由而死，也太可笑了……」

我總是開玩笑說A子有怪物的冷酷，但我其實希望她只是個普通可愛的女高中生，過著無憂無慮的普通生活。

她最後卻成為了幫派火拚的犧牲品，這現實讓我憤怒到想把李騫抓來碎屍萬段。

但事實上，A子並沒有做出任何預警，甚至沒有迴避自己的死亡。所以——這其中必然還有我無法理解，或者A子還沒說出口的實情。

可隨著少女的身亡，這一切都再也無法得知了。

命運又一次獲得勝利，嘲弄著我的無力。給A子一個平凡而幸福的人生，真的有這麼困難嗎？

「妳——不是才十六歲嗎？才剛升上高二，就算生日過了變成十七歲，不管怎樣離十八歲也還有一年啊！為什麼？為什麼……」

生日、平安夜、耶誕禮物，我想起背包裡的毛線手套。A子唯一送給我的禮物，現在也成了遺物，成了我與她的最後連結。

我腳步不穩地回到床邊，拉開背包的拉鍊。

「這……」預期的痛苦還沒襲來，驚訝先凌駕了一切。

背包裡面除了手套，還多了一樣物品。

——一樣不該出現在此的物品。

為了那樣物品，我離開了租屋處，回到故事的起點——那棟A子向我自白的純白別墅，也是她母親的自殺地點。

僅憑衝動在大半夜騎到山上，就算現在這樣一點意義都沒有了，我還是忍不住想造訪此處。

在十二月的陽臺上，那一整排的向日葵自然沒有在不適宜的季節開花，姿態相當萎靡，卻仍讓我想起A子蹲在那裡澆花的身影，以及我們平淡卻愉快的對話。

如果澆太多水，植物反而會枯萎喔。

嗯。

彷彿看見夏季的斑蝶輕輕離開盛開的向日葵，翩翩地飛向海洋彼方。

在這裡有太多平靜相伴的回憶，我的眼眶發熱，趴在陽臺邊凝視著懸崖下昏暗起伏的海面。

看著夜景，讓人心情平靜。

在一〇一大樓的觀景臺上，A子在預言我的死亡前，凝望著臺北夜景說了這句話。

但現在的我，只是假裝自己很冷靜罷了。

因為我沒在預言的時間死去，妳卻提早迎來死亡。

「妳的母親是抱著什麼樣的覺悟，才會從這裡跳下去……？」

我沒實際見過A子的母親，但想必跟女兒一樣是美麗卻也脆弱的女人吧。

而且，A子一定很愛她。

當時A子年齡還小，只要之後謊報幾次，李騖也會懷疑她是不是真的有所謂的預言能力。她那麼聰明，一定想得到這種迴避方式，所以她幫助養父為惡的「動機」，只可能來自她最親的家人。

A子的母親在死前肯定是對女兒做了某些事，促使她選擇繼續幫助父親。

但所有的真相，都隨著少女的死亡沉入了灰暗的大海。

而且事到如今，就算知道了動機又怎樣？無法改變既定的結果，閱讀那人曾經活過的證據也無法撫慰內心。

「就算如此……」喃喃自語著，我轉身回室內，縮到習慣的那個角落。

幸好我戴著A子織給我的手套，還帶了毛毯——考慮到這層防寒保護，看來我也沒有真的很想死吧。

後腦杓頂在堅硬的水泥牆上，我拿出背包裡多出的那樣物品——我送給她的交換日記。

不知道A子是在什麼時間點把手帳塞回來的，印象中她有幫我將毛線手套放回背包，或許是趁那個機會吧。

因為猶豫著要不要看可能存在、也可能不存在的「遺言」，我才會在寒冷的大半夜騎到這裡。可光是注視著海面也無法推動自己的時間，我還是困在夢中的永恆囚房裡。

A子不會預言自己死亡

只能用廢物來形容的我，想成為像A子那樣的行動派。

在虛實的世界中從天臺一躍而下的她、在別墅的陽臺微笑的她、在夢中白海灘上漫步的她、在纜車中親吻的她、在耶誕樹前默默落淚的她……

既然妳都意圖跳樓了，我很想問啊，妳有沒有揣測過那些人最後的想法？我指的是妳預言過的死亡對象。

不會去思考這種問題——而且我想活下去。

想起當初與A子的那段對話。最後，我下定決心。

我打開了交換日記本——果然在第一頁看到了文字。

A子以娟秀的字跡，寫下了日期。

2021/12/24

是平安夜當天的日期，是我跟她約定要開始前進的日期。

我一心奢望A子會寫很多很多內容，將自己鎖起的情感敞開。

但那僅有的兩個字，卻足夠讓眼淚滑落我麻木的雙頰。

謝謝

她只在日記本的第一行，寫上這兩個字。

「啊……」

我放棄的、我不想去面對的人生，是妳再次給予我活下去的目的。

但對妳來說——我也是妳的救贖嗎？

自平安夜後自我封閉的心靈，最終還是被少女強制敲開。我緊緊抱住了交換日記，忍不住放聲大哭、想要將體內臟器全部掏出的痛哭。

最後，哭到精疲力盡昏睡過去的我，似乎聽到了童稚的歌聲……

Twinkle, twinkle, little star.

一回神，我發現自己置身於沙漠中的一片扁舟。

與兒歌描繪的星空不同，頭頂是烏雲密布、飄降的細雨的陰天。雨勢明明不大卻迅速積水，載著我的扁舟也開始擺盪。

我突然意識到，這裡……是我自己的夢境。

How I wonder what you are.
Up above the world so high.
Like a diamond in the sky.

「小I嗎？」

雖然沒有見到本人，小I那帶著童稚的輕透歌聲，卻稍稍平復了我的痛苦與疲倦。

夢境彷彿加快了時間，我看慣的沙漠如今已成為一片荒涼的冰冷海洋，只露出部分蒼白的沙丘頂端。

名符其實的沙漠之海，美得不可思議。

Twinkle, twinkle, little star.
How I wonder what you are.

兒歌唱完一輪後，小I也沒有出現。但天空的烏雲散去了，終於露出歌詞中那片神祕的星空。

閃耀的夜空映照在清澈的雨水上，彷彿往水面撒網就能撈起星辰。

而沒有任何動力來源的小船，此刻已緩緩在沙漠的海洋中前行。

我不知道船要前往何方，也不清楚這趟不知名的旅行是否會有終點？

但在星海中前進的我，耳邊繼續傳來少女的呢喃。

「終有一天你會明白的喔，袁少華。為何是你活下去的原因。」

那是我之前陷入無法挽回學姐的無力絕望時，夢中的劉松霖對我說過的話。

「那句話果然是妳說的啊……」

還是沒有得到小I的回應。

周圍的天氣倒是再度轉變，在沙漠之海中行駛的小船漸漸被霧氣圍繞。

在昏暗的視線中，有道強烈的光束穿透了濃霧，似乎繞著圓心在旋轉。

感覺就像……在茫茫大海中指引船隻方向的燈塔。我總覺得似曾相似，但又忘記在哪裡看過。

來不及細想，不知是不是伸手不見五指帶來的疲倦感，我的意識又開始漸漸模糊。

「你有沒有想過呢，夢境的彼端會是什麼？」

在意識沉入深淵前，耳邊傳來小I的最後呢喃。

溫柔，卻也悲傷。

濃霧漸漸散去。

背後的觸感柔軟，我似乎正躺在一張舒適的床上。

睜開眼睛，眼前是熟悉的泛黃天花板，我茫然地翻身查看。

窗外的天色雖有點陰暗，卻沒有降雨，是最近難得的好天氣，蒼白的陽光籠罩著室內老舊簡樸的二手家具。

A子不會預言自己死亡

這裡不是那棟純白別墅的二樓，這裡是我租屋處的房間。

「小I……」

夢中的事情有點模糊了，我只記得沙漠降下大雨，我搭著扁舟航向——

我跳下床拿起手機，確認螢幕上顯示的時間。

十二月二十四日，早上十點。

「……」

這是夢嗎？

以前我就被A子和藍華欺騙過，現在有些不敢相信自己的眼睛。

我回到了……平安夜當天？A子死亡前？

這是夢，還是我的怪物——小I帶來的奇蹟？

我強壓住興奮之情，深呼吸幾次後才撥出那通電話。

「找我？」

聽到電話那頭的熟悉聲音，我幾乎要哭出來了。我顫抖著雙手，努力以平靜的聲音開口。

「今天的約會改了行程，我現在可以去妳家嗎？妳應該沒去上課吧？到了我打給妳，妳再下來就行了。」

「提早？」

電話那頭的A子聽起來很困惑，難道回到過去並不在她能窺見的未來裡？

難道，這確實只是一場夢？

這恐怖的想像讓我的身體忍不住顫抖。

「見面再談吧——拜託妳了。」

時間分秒必爭，我因此相當焦慮。但我不想多說什麼，只是如此拜託著。

回應我的是數秒的沉默，可以想像A子皺起眉頭的樣子。

「嗯。」

最終，她答應我的請求並掛斷了電話。

簡單的盥洗後，我披上外套衝出家門，想要盡快趕到A子家。

這不短也不長的騎車時間依舊讓我緊張萬分，雙手的顫抖幾乎沒有停止過。

我害怕A子會在這段時間遭遇不測，即使她正待在安全的家裡……

更害怕現在只是我用來逃避痛苦的夢境，現實的我仍然在純白別墅中熟睡。

「喂？」

幸好當我總算到達高級大樓時，A子接起了電話。

不到五分鐘，A子就出現在大樓門口，依然是之前看過的同一套打扮：側背包、毛線圍巾和針織外套，黑短裙與黑褲襪。

還沒迎來命運的終點，少女尚未死亡。

「A子……」

我不自覺地走到A子面前，張開顫抖的雙臂，將少女緊緊擁進懷裡。

A子不會預言自己死亡

「嗯。」少女只是輕輕應了一聲，卻沒有拒絕我突然的擁抱。「辛苦了。」

那句話明明很溫暖，我卻感到一絲違和感。

如果她什麼都沒看到，會在這時候講這種話嗎？

我不願多想，將某些過於負面的想法全部拋諸腦後，只想享受跨越時空後的片刻安寧。

「夠了？」

好像抱太久又太用力了，懷中的少女開始有點不滿。我苦笑著鬆開雙手，改搭在少女的肩膀上，以堅定的眼神注視她。

「我想跟妳確認一下，這不是夢吧？」

聽到我奇怪的質疑，A子眼睛眨了眨。

又眨了眨。

「我沒這麼無聊。」現在並沒有證據能證明這是小I設計的夢境，但A子只是輕描淡寫地說，「我——不會糟蹋你的心意。」

不知道她是不是以為我又懷疑她像墾丁那次用夢境測試我，不過……看來不是夢呢。

但都說到這個份上了，我反而有些放心，直接把話說清楚。

「A子——今天不要在臺北過平安夜了，妳會在這裡被槍殺。」

少女微睜大雙眼，卻沒有對我的預言有任何表示，我不禁焦躁起來。

「妳明明有看到吧！為什麼沒有任何動作？」

A子輕輕別開頭，那細微而脆弱的動作等於承認了我的說法。

我抓在她雙肩上的力道不自覺加重，少女露出有些痛苦的表情。

「抱歉……」我立刻鬆手道歉，想辦法讓自己冷靜下來。

「我不管妳怎麼想，也不管妳是不是謊報了妳死亡的年齡，既然這個未來已經出現了……」我深吸一口氣，懇求地盯著少女，「離開吧，我們離開這裡。」

只要能逃離今晚的死亡就好，我才不管妳是因為什麼理由，偏要在那個時間點回到這裡。

本來以為A子會有意見，但她只是抬頭靜靜看著我，深邃的雙眸依舊迷人，卻也讓我始終看不透。

「嗯。」沒有多做詢問，這次她也同意了我的請求。「我，相信你。」

一如往常地節省用字，但語句中傳來的心意卻讓我眼眶泛淚。

「謝謝……謝謝妳願意相信我。」

接著，我載著A子離開她的住處。

這只是一時衝動的想法，不過我想那位少年殺手也預測不到，一向只在雙北範圍活動的A子會被我帶離北部。

為了避免被跟蹤的可能性，我中途還停進陌生的停車場，到附近的租車店租了另外一輛機車才繼續展開旅途。

等周邊的景色漸漸從大城市轉變成鄉村的老舊街景，這時我才想到一件事。

「對了，妳的手機好像有定位器？」

如果追兵變成李騫和他的部下就麻煩了，但A子似乎早就預料到我會帶她走。

「我沒帶手機出來。」

那爽快的答案讓我不禁笑出聲。

雖然之後會被李騫追究帶走養女的責任，不管他信不信我的理由，反正我不想管這麼多。

這樣任性思考著的我，注視著後照鏡中戴著全罩安全帽的少女，明明應該感受到踏實和希望——

我卻始終不敢詢問A子，為什麼她「上次」不抵抗命運。

第五章
穿透迷霧的光芒

Miss A Would Not Foretell
Her Own Death

A子不會預言自己死亡

換了臺機車離開新北市區後，我載著A子拐進臺六十一線西濱公路，沿著側邊的慢車道一路南下。

能騎多遠就多遠吧——但到底哪裡對我們來說才是「終點」？細細思考起來卻感到一絲畏懼，好像身後的少女會隨時失去依存的重量。

沒事的，只要盡快遠離臺北應該就不會被鎖定了，我努力這樣說服自己。

由於匆忙離開，雖然出發時是中午時段，我們卻沒有在市區吃午飯。

所以就算可能有一點風險，我還是在桃園轉下公路，載A子到附近的漁港用餐。

就當作沒能去貓空的一點補償，我點了一堆新鮮的海鮮，看著A子津津有味地品嘗生魚片，感覺一切都值得了。

「順便拍幾張A子用餐的照片吧。」

「……」

少女仍吃著東西，微微鼓著雙頰側眼凝視我的手機。好歹也比個開心的「耶」嘛。

飽餐一頓後，我們在附近的港口閒逛，看著停靠在岸邊的漁船上下起伏，遠方的藍天閒閒飄著幾朵白雲，畫面和我的緊張情緒完全不匹配。

趁著來到空曠的空間，我不時觀察周遭是不是有跟隨我們的可疑人士，特別是那位槍殺A子的少年殺手。

以結果來說，應該是我多慮了。到處都沒有發現和槍手相似的面孔，或許對方根本沒料到我會直接帶立委的養女遠走高飛吧。

「擔心跟蹤？」一旁的A子詢問。

「是啊，不過我們中途換過機車，而且我也知道那人長怎樣——應該不用擔心。」

不能再給她任何不安了，我提醒著自己。

「嗯。」A子也沒有多問，點了點頭。

如同穿越時空前那樣，十二月二十四日這天是難得的大晴天。

雖然天氣不錯，但迎面而來的寒風還是相當刺骨，讓我忍不住縮起肩膀。

戳著手取暖，我好奇地開口：「妳不會想問嗎？我怎麼知道今晚會發生什麼事？」

「不。」

是不想問還是已知所以不問呢……

盯著A子冷漠的表情，我想我永遠找不到正確答案吧。

不過跟冰冷的態度背道而馳，少女從側背包裡拿出熟悉的那樣物品——今晚預定要送我的那雙毛線手套。

這次也一樣，毛線手套上織著可愛的貓臉圖案。

「耶誕禮物？」

「嗯，我織的。」

禮物被猜到了，少女卻沒有半點驚訝，默默將手套遞給我。

但我還是忍不住追問：「怎麼不在晚上再來交換——啊。」

尷尬了，我衝出門時太焦急，完全忘了放在書桌上的日記本。看來這次的平安夜約會肯定是失敗收場了。

或許猜到了我的笨拙，A子聲音清淡地開口：「要騎長途的機車，先戴上。」

感受到少女行動中的溫暖，我默默將手套戴上。果然暖和很多。

「不過啊——妳果然喜歡貓？」

本來就覺得A子像隻怪貓，現在看來她自己也覺得很適合嘛。

「不喜歡。」她的回答倒是讓我出乎意料，洋洋灑灑地列出缺點，「任性、不聽話、我行我素。」

可是，不光是這個貓手套，記得在之前的墾丁夢中她也變了貓耳魔術？

呃，我盯著手套上的貓臉。

「這些特質不就是在形容妳嗎？」

少女乾脆不鳥我，頭也不回地走了。

看吧，果然是我行我素的貓！

機車離開了桃園的漁港，我們繼續沿著西濱公路南下。

十二月的公路景色相當荒涼，就算天色還算明亮，水泥護欄旁的雜草叢看起來也死氣沉沉，海面也像覆蓋著一層灰。

不得不說肉包鐵的無奈，夏天騎車是曝曬在陽光下熱到不行，冬天騎車則是體感溫度直接掉到谷底，就算加上A子的毛線手套還是很冷。

顧慮到沿海的風勢，加上很久沒騎不算很熟路況，我沒有特別飆車，這一路也不時透過後照鏡觀察後方的人車。從漁港開始一直沒有被跟蹤的跡象，今晚應該是安全過關了？

不知道實際騎了多少公里，當我們剛越過一條跨海大橋，眼角瞥到一排旋轉的風車時，我的身後傳來觸感——A子拉了拉我的外套。

我立刻停下車，擔憂地回過頭。

「怎麼？」

看起來並沒有異樣，A子只是輕啟小口：「明天早上，去海邊看看風車？」

「明天早上……」

我能夠期待未來嗎？

在心中搖搖頭振作自己，我拿出手機打開電子地圖，確認目前的位置。

「已經騎到苗栗後龍了呀，剛好這附近有個叫好望角的景點，可以俯瞰岩岸的風車……」我抬頭燦爛一笑，「既然妳都提了，我們今晚就到苗栗市區休息吧。」

A子點頭同意，之後我們便轉了個彎騎向苗栗市。

從海岸到市區其實也有一段不短的距離，等真正進入市區時，天色早已暗了下來。

晚餐我們隨便在路邊的麵攤吃一吃，很快就找了間汽車旅館休息。

汽車旅館的入口也放了一顆耶誕樹應景，入口的員工仔細看了看我們，幸好穿便服的A子氣質成熟到不像未成年，我們很輕鬆就被放行了。

「把門關好鎖好，今晚應該能安心睡覺了。」

反正十二月的晚上也很冷，我可不想再出去受寒，而且這間汽車旅館還窩心提供了暖氣。

房間內部是放出淡藍冷光的高雅裝潢，雖然氣氛很棒，但我挑選這裡當作今晚的住處只是為了安全考量。

「嗯。」

A子坐到床緣，將平底短靴脫下，套著黑襪的腳掌很是性感。坐在沙發上的我瞄了幾眼，心滿意足地靠上椅背。

「妳先去洗澡吧。」

少女點了點頭，拿起背包走向浴室。我則是繼續盯著房門，深怕會有人突然闖入。

但騎車一整天下來，我已經滿身倦意，意識漸漸朦朧。不知為何，突然回想起我們首度交談的那一晚。

仔細想想，我只有在那一晚才真正跨入A子夢境的最中心，也是少女最大膽的一次舉動。

排除那些刻意製造的內容，一路上看下來，每個人的夢境都有獨特的象徵意義。

學姐的雪國、藍華的花海與水球，還有我的沙漠……

而A子那灰暗的房間又象徵著什麼？

等等，話說回來——我似乎在哪邊見過窗邊那道閃爍的光芒？

與倦意拔河的我還沒想通，有股重量卻突然壓上大腿。雖然知道對方是誰，我卻沒有睜開眼睛。

還沒搞懂A子想幹嘛，臉頰上就傳來少女雙手的微涼觸感，接著——一股柔軟貼上了我的唇。

在我們雙唇重疊的一瞬間，我想起最初少女看似主動卻始終充滿敵意的模樣。

半年過去，隔在我們之間的距離才終於縮短到這個地步。

能不能試試看？爲你口中的A子，爲這位女孩帶來一點幸福？

我想起咖啡店老闆的請求，內心相當茫然。

「先睡一下。」

少女輕柔的聲音傳來，伴隨著那充滿溫情的柔和命令。

啊……

即使這個社會排擠弱小與沉默的少數，即使被命運放逐的我們早已無處可去、無處可歸——

「我哪裡都不會去。」A子的話語再次傳來，淡然、卻令人安心。

緊閉雙眼的我想像著少女的笑靨，睡意因此漸漸湧上。

將那些懷疑與不安拋在腦後，不想動、不想再思考。只要這樣就好了，A子一定能被拯救。

我如此單純地祈禱著。

隔日，睡到天色大亮的我們離開了汽車旅館。

一離開車棚，我抬手遮在眼前，感受著刺眼的陽光。天空湛藍寧靜，我加劇的心跳卻怎樣都無法平復。

我沒有多說什麼，若無其事地跨上機車，載著A子在市區找了間中式早餐店用餐。

A子喝了口我故意點的無糖豆漿，皺起眉頭。

「我拍下來囉。」

「……」

看起來冷淡的她果然也有不習慣的食物，難怪都不想去中式早餐店。

愉快地吃完早餐後，我載著A子上路，準備貫徹去好望角看風車的約定。

這一天延續著二十四號的好天氣，騎在萬里無雲的藍天下讓人心曠神怡，陰沉如我都幾乎想對著天空大吼。

或許主要還是因為，A子活過平安夜的事實太令我亢奮了——我如此說服著自己，一遍又一遍。

在離開苗栗市區後，我又騎了一段時間才轉進通往山坡的小路，沒多久就正式抵達半天寮好望角園區。

山坡上的廣場並沒有太多人，我隨便找了個地方停好機車，抬頭望著面前聳立的巨大風力發電機。

風車的葉片緩緩轉動，悠然的感覺就像這片晴朗的天空。

過去這裡是海防的重要軍事重地，所以在風力發電機前還有一座老舊的石碉堡，長了些青苔的牆面訴說著歲月的流逝。

「先繞著步道看看吧？」

「嗯。」

往下坡延伸的步道連接著不同的碉堡或砲臺，我扶著A子爬上其中一座眺望海景。總覺得從這裡看，眼前只是一條插滿風車的海岸，風景沒有比在最高處的廣場看出去時漂亮。

「橫看成嶺側成峰，遠近高低各不同。」我想起某位宋朝的著名文學全才，笑了笑唸出來。

「蘇軾，《題西林壁》。」少女無縫接軌地補充。看來那堆厚書還是沒白讀嘛。

我牽起A子的手，兩人肩並肩慢慢走回廣場，木製觀景臺上的視野非常遼闊而美好。

幾處民宅散布在綠油油的大地上，自強號在遠處緩緩駛過，鐵軌更後方是遙遙延伸的海岸線，還有整排或轉或停的風車。

這裡的風車密度確實非常高，後方襯著碧海藍天，海平線前一艘漁船搖蕩著。

如果夏天來的話肯定會非常熱，畢竟這裡沒有任何遮蔽物。

但今天剛好是放晴的冬日，臉頰迎著溫度適宜的海風，比想像中還舒適。

這裡將是我們這趟逃亡兼小旅行的終點。

我和A子靜靜注視著海面。可以的話，在這裡待上一整天都沒問題，真想讓時間永遠停駐在這一刻。

讓時間永遠停駐在這一刻。

我注視著身旁的少女，今日的裝扮是白襯衫與牛仔褲、外面套著適當厚度的針織外套。

深吸一口氣，接著——「從今天早上醒來到現在，都只是夢吧。」

我不得不將殘酷的事實脫口而出。A子轉頭望向我，微微睜大眼睛。

少女似乎沒料到會被我一眼識破，我正面迎上她的目光，忍受千針扎心的痛苦。

「你怎麼知道？」A子顫抖著雙肩，「我，沒有『看到』……」

看來這是她非常得意的作品，而且預期能困住我的靈魂，直到完全平撫我瀕臨破碎的心靈為止。

何其冷酷、卻也何其溫柔的想法。

但，果然是這樣。

「我知道的啊，本來的二十五號下著雨，絕對不是現在的這個樣子。」

不可能萬里無雲。

不可能是讓心情都能愉快起來的好天氣。

因為那一天，我瑟縮在房間的角落，聆聽外頭的雨聲並後悔不已。

我沒有拯救A子。那悔恨直達靈魂深處，我無論如何都無法遺忘。

所以在離開汽車旅館，看到外頭是藍天時——

我絕望了。

A子沒有活在十二月二十四號之後的世界，所以她看不到。

看不到那之後都是陰鬱的雨天，鋒面再次籠罩全臺。

「嗚……」

少女發出了意料之外的嗚咽悲鳴，驗證了我的猜想。

A子那臺窺看命運可能性的電視機明明該無所不能，卻對我的預測常常失準……或許，背後的理由可能一點也不複雜。

「我的靈魂不只是放置在錯誤的肉體——可能因為某些原因，我還擁有來自不同時空的記憶。」

這些偏差讓電視的「收訊」出現更多誤差，所以A子始終都無法清楚預測我的行動。

「……」

我的推測或許沒有錯，因為A子垂下視線默默向後退去。

她將雙手放在胸前，以懇求的語氣開口：「少華……」

所有的冷漠偽裝都在這一刻卸下。在我面前的並非窺視命運的死神，不過是受傷的、渴望獲得解脫的普通少女。

那才是A子真正的模樣。

「你不願意——放棄我嗎？」

耳邊傳來沙沙聲響，少女的身影如受到訊號干擾的電視螢幕，瀰漫出大量的扭曲雜訊。

我的答案還沒喊出，周圍的世界再次破碎、重構。

藍天與濃霧。

遼闊與逼仄。

光明與黑暗。

耳邊迴盪著海潮聲、濃霧從鐵窗外緩緩滲入，那是無緣所有正向辭彙，她永遠逃不出的牢籠。

穿出白牆的電線蠕動著，宛如血脈。地上的書不再疊得整齊，四散一片的狼藉似乎反應著房間主人的焦慮。

而在正中央，那臺電視仍然充斥雜訊。

我再次回到了這圓形房間。

或許，這也是一切的起點。

夢境重組回原始的姿態，夢境宿主的形體也再度凝聚，靜靜靠在窗邊凝視我。

再次迎接我的是少女那已經沒有以往尖銳感覺的冷酷表情。

我的胸口發緊，腦袋裡此刻只想問她一個問題。

「為什麼妳會在十六歲這年死去——我想過會不會是妳在說謊，但因為妳是立委的養女，在網路上隨便就能找到妳的年齡。」

對於自己的年齡，A子沒有說謊，但就算已經過了生日，她也才十七歲，跟藍華一樣都剛升高二上學期。

這是不可能改變的事實，我才以為能平安度過今年的平安夜……

A子轉頭看向窗邊滲進來的濃霧，雙手貼在布滿電線的牆壁上。她瞇起眼思索著，最終似乎下定了決心。

「離開這裡吧。」

只有一個方法能逃出這個房間。A子逕自走向那唯一一道鐵梯、直直向上爬，我只能跟在A子後頭爬上去。

鐵梯的高度不高，少女打開了天花板上的鐵蓋。在鐵梯盡頭，又是另一個房間。

「這……」

爬上來的瞬間，我立刻就明白了很多事情。

那是比樓下更狹小一點的圓形房間，地上同樣蠕動著各色的電線，但圍起房間的卻不再是白磚，而是大片的玻璃牆。

而原因，就是房間中央的那個存在。

我抬手阻擋眼前一閃而過的強光，房間的核心是一座巨大燈器，在美麗的多邊透鏡內是一顆白熾燈泡。

燈器原地旋轉著，無法直視的熾白光柱穿透玻璃外的濃霧。

「妳的夢境本體——原來是『燈塔』嗎？」

所以我才會聽到海潮聲，因為燈塔本來就是海邊的建築。

在樓下的鐵窗外看到的閃爍光芒，其實就是上頭三百六十度不停旋轉的光束、一遍又一遍地掃過海面。

「嗯。」

A子的眼神似乎飄向了濃霧彼方，不願再和我對視。

「燈塔的光穿透時間的濃霧，照到的畫面被樓下的電視擷取。」她閉緊雙眼，聲音安靜又遙遠，「所以，我才能窺視命運。」

時間的濃霧……嗎？這個，加上我夢中的沙漠之海，所謂的夢境怪物，本質上……到底是什麼？

我們回到樓下的房間，A子抬手輕撫鐵窗欄杆，雙眼瀰漫雜訊。

「任何怪物寄宿的夢境，目的都是吞噬宿主。狀況有輕重之分，你也看過很多例子。」

祐希學姐的雪國，藍華的孤挺花本我……還有，糾纏著我的小I。

我的心跳加速，顫抖著雙唇開口：「A子，妳該不會——」

雙眼回復正常的少女抿著嘴，不願意回答。

「都到這個時候了妳還要隱瞞嗎！A子！」我忍不住抓著她的雙肩大吼，「妳看到了吧？妳在日記本上寫下的那兩個字！」

A子不會預言自己死亡

吼到最後，連聲音都開始嘶啞。

「我不準妳什麼都不說！我不希望妳又這樣莫名其妙死掉……」

A子的眼底盈滿痛苦，她顫抖著長睫垂下眼，雙手在身前交握。

我咬緊牙根不願道歉，這時候要是退讓，所有真相彷彿又將消失在燈塔外的霧海。

最終——少女妥協了。或者說，反正已經沒有必須隱瞞的理由了。

「燈塔的燃料來源，」她的語氣沾染著哀傷，「是我的『未來』，也可以說是我自身的『可能性』。」

一瞬間，我希望我聽錯了什麼。

「原本，如果只幫助父親，我的『命運』預計會在十八歲燒完。」

少女閉上雙眼，像是不忍看我的反應，又像不想面對自己說出口的殘酷真相。

「但我多看了你們的命運——或許是燃料提早用完，死亡的時間因此提前、」她的聲音一顫，「到十七歲的生日這天。」

我雖然能推算出A子的年齡，但這還是第一次知道少女確切的生日，竟然是在平安夜嗎？實在太諷刺了。

她從來沒有說謊，只是也不會完整說明。犧牲自己的「未來」窺看命運，以成就李騫——不，甚至是給我救贖……

「為什麼要這麼做?這明明一點都不值得……」

為了我提前迎來死亡,到底是在搞什麼?

我一直以為A子是聰明理性的女孩子,她不會做這種愚蠢的自滅行為。但這半年來的相處只是證明,她也是充滿感情的青春少女。

她有自己的脾氣、自己喜歡討厭的事物、自己的憧憬……也還渴望著自己的未來。

一隻冰涼的手覆上我的手臂,A子的視線終於看向了我。

「在我母親自殺的那瞬間,燈塔就定型了。」

明明身陷死亡命運,面對幾乎要被絕望淹沒的我,A子卻還是出聲安慰。

「就算不使用能力——如果不協助父親,我也會因家暴而死。」

我一拳用力槌在牆壁上。

「什麼狗幹爛的命運啊!為什麼妳的未來都是死路?」

想讓A子獲得救贖——竟然是如此困難的奢望嗎……

但不同於我抗議命運不公的暴怒,少女只是走過來牽起我的手。

「既然是命定死亡的未來,即便我的雙手早已沾滿鮮血……」

我低聲問道:「咖啡店老闆的妻子……?」

臉上的難受一閃而逝,A子搖了搖頭,淚水靜靜從臉頰滑落。

「還有很多。未來會叛變而被自殺的幹部、成為養父的替死鬼而燒炭的公務員、因為財團土地利益糾葛而上吊的老先生……」

那些都只是社會新聞常見的內容，群眾的注意力不會聚焦太久，最後連一點波瀾都無法引起。

而A子卻因為養父的威脅，被迫提早直面社會的殘酷黑暗。

她並非受害者——但她也不想成為獵食者，不想面對自己腳邊的無數屍體。

緊緊抓住我的雙手，A子的身體開始微微顫抖起來。

在夢中裝扮成死神的她，或許一直都很害怕。她不想揮舞死神鐮刀，從來都不想。

「我想要拯救一些人……我也想要證明，自己能夠獲得愛……」少女的聲音終於徹底破碎，「所以，我利用了你……」

面對淚水潰堤的A子，我什麼話都說不出口，只能緊緊將她抱在懷中。

之後，少女緩緩道出她的過去。

床上的女童盯著面前盛雨的水桶，雙腿搖晃著。

每當下大雨的時候，狹小的鐵皮房間總會有雨水滲入，潮溼的水氣讓房間更加寒冷，作為家來說並不是很足夠。

但由於是頂樓加蓋，租金低廉，對於母女來說算是不錯的住所了。

雖然還在讀幼兒園，女童相較於其他同齡的孩子已經成熟太多，就算母親接她回家後又忙著去工作，待在家裡的女童依舊相當安分。

自己吃完好心超商店員給的即期品便當、自己找東西玩，但沒有電視的家裡娛樂並不多，她除了玩破舊的娃娃，最近則喜歡趴在床上看著落下的雨水。

滴答滴答，怎麼看都不會膩。

不過，今天又多了一件她能期待的事。

「我回來囉。」

數小時後的夜半時分，穿著大衣的母親才一臉疲倦地回到家。

即便疲勞，女人仍在女兒面前擠出笑容，趴在床上快睡著的女童也露出開心的笑容。

「馬麻～」

女童撲到母親懷中，母親摸著她的頭，語氣溫柔。

「今天是妳的生日，我買了蛋糕和生日禮物喔。」

「生日禮物？」

女童對這名詞很陌生，因為她沒有收過生日禮物。

但母親只是露出哀傷的笑容，將裝蛋糕的塑膠袋放在桌上，動作誇張地拿出另一個長形的禮物盒。

「噹噹！這就是生日禮物喔！畢竟妳已經四歲了，媽媽想想還是要慶祝一下。」

她把禮物放在小方桌上，先拿出塑膠袋裡不大的黑森林蛋糕。扣掉房租和平常的開銷，這是她那微薄的薪水能夠負擔的尺寸。就算女人相當愧疚，她的寶兒女兒還是露出高興的笑容。充斥胸口的這股溫暖，或許就是身為人母的幸福吧。

將數字四的蠟燭插上蛋糕並點燃後，母親讓女兒坐在大腿上，抓住她的小手拍掌。

「拆禮物前我們先唱生日歌吧？」

「好～」

於是圍著小方桌，母女開始唱起生日快樂歌，讓女兒吹熄了蠟燭。母親雀躍地拍拍手，將生日禮物交到她手上。

「哇──」

女兒努力拆開了紙包裝，那是一本繪本，封面畫著一座燈塔，佇立於海中的孤島。

女子拍了拍她的頭，柔聲道：「馬麻希望妳長大後多讀更多更多的書，要變成很聰明的孩子。至於現在嘛，我們就先看圖說故事吧～」

女童懵懵懂懂地點頭，翻看著書中漂亮的圖，還是笑得很開心。

吃完生日蛋糕，母女倆盥洗後爬上床。母親點開床頭燈，翻開了繪本。

「那個守塔員叔叔──住在燈塔裡……」

女童不知道怎麼形容那種感覺，如果是大人來講，就會說出「寂寞」了吧。

看著女童傷心的表情，女人溫柔地摸了摸她的頭。

「但守塔員不是一個人，他有自己的家人陪伴。維持燈塔運作是辛苦卻很偉大的工作喔，他們的犧牲讓燈塔能一直一直點亮光芒，為大海上的船隻指引方向。」

女童想了想。

「那，我也想當守塔員。」

母親一愣，隨後笑著揉亂了女兒的柔軟髮絲。

「只要妳有想守護的人，不管做什麼辛苦的工作都可以喔。」

「嗯……」

看見女兒昏昏欲睡的小臉蛋，母親輕輕在她的額上烙下一吻。

「晚安，我的小燈塔。」

女童並沒有親生父親的記憶，也是在很多年後才自己整理出母親的處境。

母親是孤兒，高中輟學，學歷只有國中程度。

但記憶中的母親幾乎不曾在她面前抱怨，她一直努力生活著。

錢不夠的話就多打幾份工、時間不夠的話就睡少一點，就算很辛苦很累，也總是對寶貝女兒露出笑容。

但，這個社會從來沒有善待過在底層掙扎的人們。

父親欺騙了母親的感情、又離她而去，但就算被好多好多人背叛，母親依舊沒有怨恨人生。

那或許是她天生的單純個性、或許是她從沒理解過「真正的幸福」，也或許是——她依舊擁有她人生中最珍貴的光芒。

就是那閃耀不已的純粹，吸引了另一位同樣從底層爬上來的男人。

隔年那百花盛開的春天，盛裝打扮的母親牽著女兒的手，帶她去見一位陌生的叔叔。

「就是妳吧？」

在盛開的山櫻前，西裝筆挺的男人露出爽朗笑容，摸了摸女童的頭。

雖然女童對男人的初次印象不錯，但她仍然不能理解母親接著說的話。

「從今以後，妳就有爸爸了喔。」

不同於母親開心的笑容，被男人抱起來的女童只是一臉不能理解。

「爸爸？」

男人點了點頭。

「啊，我叫做李騫。妳的名字真好聽，希望我能為妳帶來那樣美好的未來。」

男人雖從儀表到行為舉止都很紳士，可不知為何，女童並不喜歡這位新的父親。

自從母親結識新的父親後，她們的生活環境變好了。住的地方從漏水的頂樓鐵皮加蓋，變成數十坪的新大樓公寓，自己和媽媽都有各自的房間。

晚餐也從超市便當變成好吃的百元便當，穿的衣服變漂亮了、床邊的玩偶也變多了。

本來這應該讓貧苦很久的母女感到開心，但天生敏感的女童卻察覺到幾個事實。

雖然母親要她叫李騫爸爸，這位爸爸卻不常出現在家裡面，而且有時會在大半夜才出現。

爸爸出現的時候，她們有時去吃大餐，或者去不知名的大飯店泡溫泉，母親似乎跟他感情很好。

但一年後，母親還是漸漸失去了笑容，就算抱著她，也總是鬱鬱寡歡的樣子。

等女童長大成少女後才明白一個事實——李騫之所以不常出現，是因為李騫根本沒有與母親結婚，其實他另有一位久臥病榻的糟糠妻。

李騫的行為，即是所謂的養小三，是背叛自己家庭的行為。

當然，年幼的女童不可能知道這些大人的晦暗。

女童只能感覺母親總在逞強著對自己微笑，在新家裡也不像以前那樣擠在同個被窩。雖然她常常想去找母親一起睡，卻發現夜半的房間總是上著鎖。有時是父親跟母親待在裡面，傳來一些奇怪的聲音或者怒罵、甚至是劇烈的碰撞聲。

有時父親沒來，只有母親一人，她卻聽到了啜泣聲。

女童只好寂寞地折返回自己的房間，閱讀母親送給她的生日禮物，那本燈塔繪本。

「這不是我想要的……」

女童不太喜歡過去困苦的日子，也很討厭漏水的房間。

可是——她更不喜歡家人處在同一座屋簷下，彼此卻彷彿越來越遙遠。

如果可以的話，她想要有不一樣的未來。

少女睡前總是一遍又一遍地讀繪本，想像著燈塔的模樣。

她和媽媽可以在燈塔裡工作。雖然很孤單，但為人付出的工作肯定很棒。

如果可以的話，她希望那裡還會有一位不一樣的父親。

不是現在這位面露微笑卻一點都不在意她的奇怪爸爸，而是能夠陪她玩山玩海、牽她的手摸她的頭的好爸爸。

不過守塔員的工作很辛苦，或許也擠不出空閒時間吧。

這樣想像著、祈禱著入睡，那天，她做了一場夢。

女童發現自己站在發光的旋轉燈座附近，周圍是一片朦朧的白霧，伸手不見五指。

「有人嗎？」

不知名的巨大轟轟聲圍繞著她，女童瑟縮在角落發抖，直到夢境結束。

但不知何時開始，每次睡覺她都會困在那個地方，燈座四周的空間越來越穩固。

害怕的她向母親求救，不過越來越安靜的母親只是淺淺一笑。

「妳要習慣自己睡，終有一天妳也會長大喔，我希望妳成長為堅強的女孩子——不需要再依賴我。」母親溫柔地摸了摸她的頭，「就算這對妳來說很殘忍……」

當時的女童聽不出母親話中的沉重與倦怠，惡夢則持續了整整一年。

一晚，六歲的女童終於鼓起勇氣，她雖然不敢從燈座房間的護欄邊一躍而下，可是找到了其他出路。

地板上有一個鐵蓋，女童努力掀開了鐵蓋，發現裡面有座鐵梯通往下方。

女童以為自己終於能逃出奇怪的房間了，誰知道爬下去之後——卻又是另一個房間。

大失所望的女童發現這裡沒有其他出路了，濃霧從唯一的鐵窗滲入，白磚牆上都是一些噁心蠕動的電線，在女童眼中就像泥土裡挖出的蚯蚓。

A子不會預言自己死亡

房間正中央的家電引起她的興趣。

那是臺老舊的映像管電視機，跟新家裡的大液晶電視不太一樣。

電視機上映照著一個黑白畫面，女童好奇地趴到電視機前觀看。

一位身穿制服的長髮少女，倒臥在血泊中。

在那瞬間，電視畫面外的「某些資訊」傳進了女童腦內，她馬上意識到——那是未來的自己死亡的畫面。

在她十八歲成年的時刻。

「嗚……」

女童一陣暈眩，抱住發痛的腦袋，想要拒絕突如其來的「預言」，但電視螢幕一閃，切換了不同畫面。

母親跨過了斑馬線，被迎面而來的大貨車撞上。

驚醒的女童害怕極了，她把看到的一切告訴母親，但母親只是把這當成不敢一個人睡的撒嬌。

女童別無選擇，只能找機會偷偷拉住李奪的衣角，哭著向新的父親求救。

李奪用複雜的眼光打量著面前的女童，笑著問道：「妳能證明妳說的話嗎？」

女童當下不知道該怎麼回應，那天晚上她回到電視機前，思索著如何說服父親……

然後女童看到了，電視螢幕上的李鶩走在暗夜的小巷裡，一群戴安全帽的男子衝出來對他一陣爆打。

她其實不是很了解自己看到了什麼，但隔天還是向父親如實描述了夢的內容。

「……」

李鶩微瞇著眼注視她，然後說著她聽不懂的話。

「陳會長果然不安好心呀。」

不過，他隨即露出了溫和的笑容。

「我相信妳了喔，我們會拯救妳媽媽的，不信的話打勾勾。」

「嗯……」

女童與父親手指打勾，做了約定。

她們離開只住了一年多的公寓，住進了山崖邊的純白別墅。

別墅美得像童話裡的城堡，但這裡遠離城市，她們幾乎沒有出門的機會。

不再換下白睡衣的母親總是坐在陽臺邊的搖椅上，靜靜注視著寬廣的海洋。

再也沒有露出笑容。

純白別墅裡除了母女兩人，還有陌生的男子看守，李鶩來探望的狀況則變少了。

在這裡的時間過得好緩慢也好無聊，年幼的女童這麼想著。父親不再找機會帶她們出去玩，而母親——也幾乎不再跟她說話了。

「媽媽？」

「嗯……」

每次女童想找母親玩，她卻只會露出悵然若失的表情，人雖然在眼前，又像在什麼遙遠的地方。

每一晚，女童依舊受困於夢境裡的燈塔——現在她認出那是一座燈塔了，卻遠遠沒有繪本裡描繪的那麼美好。

她不敢再去看那臺電視機，畢竟母親已經被保護在純白別墅裡，不會出去外面，也就不會發生交通意外了。

她天真地以為自己守護了母親，直到那一晚。

那一夜並沒有太多不同。

女童還是讀著繪本，讀到結局因為科技進步，不再需要守塔員長時間顧著燈塔的光。

一家人離開了那座燈塔，載著全家的船隻在無垠的藍天下航行。

她突然產生一種奇妙的感覺。現在的她們看似住在漂漂亮亮的純白別墅中，其實卻是住在燈塔裡，一點自由都沒有。

女童抱著繪本來到母親的房間，想跟母親說自己的想法。

不要住在這裡了。離開這個爸爸，就算重新住回破爛的房間也好，只要兩人開開心心過日子就好。

但她一開門，卻看見佇立於陽臺護欄上的母親。

「馬麻……」

母親訝異地回頭，眼淚從臉頰滑落。

「媽媽我——沒有妳想像中堅強……」

女童意識到母親想做什麼，抓著繪本衝上去想拉住母親，年幼的軀體卻在此時跌了一跤。女童努力掙扎著，卻發現自己因過於害怕而動彈不得。

母親只是難過地注視著，向面前的女兒伸出手、發出邀請。

「——，妳要一起跟我死嗎？」

「唉？」

女童瞪大眼睛，不能理解母親說的話。

「就算李騫要打要罵都沒關係，因為我的人生毫無價值，我也是麻木過日……」

流著淚的母親，露出了笑容。

「只有我一輩子畏畏縮縮地當破壞家庭的婊子，接受異樣的目光也沒關係……」

女子的身體顫抖著。她也害怕死亡，只要是人類都不可能不害怕生命終結的那一刻。

可她已經生病了，並非是肉體上的病痛，而是心靈在優渥的生活與自己女兒的未來間受盡折磨。

「但我沒辦法接受妳也和我一樣，以這種過街老鼠的方式成長——是我連累到妳了。」

懷抱複雜的感情，她注視著自己的親生骨肉。

「所以，要不要一起去死呢？」

女童一點都聽不懂，也不明白媽媽被迫成為大人後的艱辛。

「媽媽……」

女童爬向母親、哀求著，但母親只是搖搖頭。

過於早熟的女童理解到自己無法分擔母親的痛苦，她緊緊抱住自己懷裡的繪本。

「媽媽——不要走……」淚水灑落地面，女童哭訴著。「不能離開『燈塔』嗎？不能像故事裡一樣，一起離開這個地方嗎？」

女子眨了眨眼。

「離開……」

那個只是想過的選項，卻非不可能。只要捨棄現在的優渥生活，與女兒繼續在貧窮之中相依為命……

「我……」

那不過是多久以前的回憶呢？在不大的房間裡慶祝女兒的生日，低喃著她就是自己人生的燈塔……

放下一切欲望吧。就算辛苦又如何？就算一輩子都活在底層又如何？

非要等到無法反悔的那一刻才後悔嗎？還要拉寶貝女兒一起去死嗎？只因自己的懦弱？

女子激烈起伏的情緒，逐漸因為女兒的眼淚而平息。

她彎下身，準備爬下護欄抱住女童安撫她。

但，命運就在此刻開了玩笑。

護欄本來就不寬，加上懸崖邊強烈的海風。

「啊……」

一個失足，女子向後摔進深淵。

幼小的女童癱倒在地，不停哭著。

她們的異況被監視的部下發現，趕來的李騫先請部下報警。

他看向陽臺外的懸崖，眼神複雜、嘴角卻淺淺勾起。

李騫拉起女童，先拍拍她的背安撫。

「別哭別哭，妳媽媽會沒事的。」

「真的嗎？」

對於女童哽咽的詢問，李騫只是微笑著點頭。

「嗯，我保證。」

那承諾，最終也不過是謊言。

喪禮低調地舉辦了，因為是孤兒，出席的只有少少幾位。

那一晚，李騫牽著女童來到了位在高級大樓的新家——或者說他的住處。

在女童眼中，那只是閃閃發亮的另一座燈塔。

「——，從今天開始，妳會成為我的養女。」

他微笑著解釋，始終都是那副紳士的態度。

「我會給妳無憂無慮的成長環境，妳會快快樂樂長大，沒有任何負擔。」他將雙手放在女童細小的肩上，「妳只需要幫我一個忙——告訴我所有關於我的預言。妳也不想去孤兒院、或流落街頭吧？」

想起昏暗的房間與噁心的濃霧，女童抱住雙肩發抖。

「不要……我討厭那裡……好噁心……我討厭看那臺電視……」

坐在豪華的牛皮椅上，李騫的笑容漸漸消失了。他扳起臉孔，冷冷地對不過六歲的女童解釋。

「——，我要妳去哪裡，妳就得去哪裡。唯一的親人意外死亡，妳現在是我的女兒，就得聽我的。」

女童哭著搖頭，李騫的臉色越來越不屑。

「所以我才不想養小孩……」

男子從抽屜裡拿出一樣物品，那是母親送給女童的燈塔繪本——不知何時被李騫沒收了。

「這好像是她送的生日禮物？」

「還我……」

李騫打開繪本，但他對內容一點興趣都沒有，在女童面前冷酷地撕碎內頁，最後扔進垃圾桶。

「因為妳不聽話，所以繪本沒有了。我不喜歡體罰，但如果妳再不乖——那我就不保證了。」

注視著破碎的繪本，女童的心彷彿也被扯裂了。

與母親相處的美好回憶，好像也一起被丟入了垃圾桶，今後——要活下去，她只能努力討好養父。

「是……」

從那一晚開始，女童不再微笑、不再哭泣，不再讓自己感受任何事物。

因為不需要了，沒有人會再給她幸福與愛。

我曾經希望A子能夠對我坦白一切，現在我卻後悔自己的愚蠢舉動。

就算聽到了真相——我又能改變什麼呢？一直以來我都是這樣沒用，對於學姐和妹妹都是……

「我好害怕……為什麼你要給我愛？」默默落淚的A子輕靠著我的胸口，聲音哽咽而無力。「明明我跟母親一樣，沒有機會獲得真正的幸福。」

「A子……」胸口沉痛的我不知該說什麼。

「我沒辦法脫離李騫的掌控，當時的我做不到——現在也一樣。」

如今身為加害者後代、沒錢沒勢的我，就算鬧到與李騫同歸於盡，少女的命運也不會改變。

如果我能借用小I的能力再次回到過去，有辦法——能拯救她嗎？

少女清瘦的軀體彷彿隨時會消逝，無能的我只能默默收緊雙臂。

此時此刻，時間彷彿永無止盡，但，從沒有不會醒來的夢境。

「有人在我的夢裡，放了這些書。」

A子掙脫我的懷抱，注視著地板上散落的書本。

「書……」我茫然地低喃。

她點了點頭。

「這些書大概在我十歲時出現，紀載著有關怪物與夢境的知識。」

我隨便拿起一本翻了一下，確實寫滿了看起來十分學術的文字，有些頁面還附上手繪插圖。

「我記下內容再寫到現實的筆記本上，總是夾在其他書裡讀。」

少女輕撫窗臺上擺放的書，視線投向我。

無力對抗命運的少女，因為這些書才獲得部分的主導能力。

就算自身的狀況沒有多大改變，這卻幫助少女拯救了很多人，最終救贖了我。

所以——這難道是一種可能性？

「既然有某個人能把書送到妳的夢裡，對方肯定比我們更理解夢與怪物……」

所以只要請求那人的幫助，我們總能找到突破困境的方法吧？

A子卻搖了搖頭。「我的死亡，是幾乎無法扭轉的真實。」

少女到底花了多少時間，在這黑暗的房間裡搜索自己能活下去的未來？

我的胸口陣陣發痛。

「如果是這樣，妳根本不必這麼努力啊！」

無視我的大吼，A子只是逕自說道。

「來到咖啡店，除了思念故人，也是為了與你相遇。這是必定的未來——因為那是我的人生中，少數自己做出的選擇。」

少女一慣冰冷的口吻，此刻卻帶了點熱度。

A子不會預言自己死亡

「我無法完全看到與你相遇後未來會如何改變，所以努力安排每一個計畫，有時也會被你的反應嚇一跳。」

「別說了……」

我想起總是坐在咖啡店窗邊的女高中生。被李騫暴力威脅著長大的少女，又是鼓起了多大的勇氣才向我搭話？

即使如此，就算她精心設計了這一切相遇與之後的發展，我也沒能拯救她。

A子不顧我的哀求，繼續說下去。

「無論如何選擇，我從沒看過你真正放棄我。溫柔的你總是絞盡腦汁地希望我開心、給予我微小的幸福。」

我緊握雙拳。「我求妳別說了……」

A子雙手在胸前交疊，瞇起眼睛。

「少華你——很固執呢。明明，放棄我就好了。」

「A子……」

告別時刻已悄然而至。

「但看著你在漫長時間中掙扎的模樣，我發現自己也無法捨棄……」

房間開始崩解，我向前想抓住少女的手，但彼此間的距離卻無限拉長，我再也碰不到她，直到燈塔的強烈光芒覆蓋了所有。

最後，我只看到身處彼方的少女，撥了撥鬢角的髮絲。

「謝謝你。」她露出了幸福的笑容，「如果可以的話——請向給予我知識的那人道謝，是她給予了我們力量。」

我驚醒過來，回到了現實。

茫然的我發現睡在身旁的A子發著高燒，意識模糊。

我立刻打電話叫救護車，大口喘氣的A子只能無力地呻吟。我什麼都無法做、什麼忙都幫不上，只能在救護車上緊握住她異常冰冷的手。

但我不相信神明，連祈禱的心情都已不存在。

而後，我坐在手術室外的鐵椅上，感覺靈魂被抽空，留在這裡的只剩軀殼。

等待的結果我已經心知肚明。

「爹地……」

終於，一臉難過的雨衣幽靈在跨越一次時空輪迴之後，首次出現在我面前。

「回到過去吧。」凝視著與A子相似的臉龐，我只是冷冷地這麼說。

絕望的麻木疲倦充斥腦袋，我閉上眼，不知不覺失去意識。

夢中的沙漠下著細雨，還沒有形成廣闊的海洋。貼心的小I踮起腳尖想幫我撐傘，我只是茫然地仰望落雨的天空。

她對我露出難過的微笑，但還是打起精神開口。

「爹地想去哪裡呢?身為爹地的怪物，我會陪伴你到最後一刻。」

A子不會預言自己死亡

我離開了傘的範圍，被冰冷的雨水浸透，絕望地、空虛地講出真正的想法。

「……我不知道。」

就如同這片沙漠，我的內心寬廣卻虛無。

我已身陷莫比烏斯環，永遠無法到達真正的終點。

第六章
超過千倍的愛

Miss A Would Not Foretell
Her Own Death

A子不會預言自己死亡

之後，我已不清楚自己看著A子死了多少次。

最遲在耶誕節當天，最早甚至是十二月月初也好，不管小I帶我來到多早以前，最終，我都只能無能為力、眼睜睜地看著少女在我面前死去。

莫名其妙的槍擊也好、高燒也好，都算是「死法比較輕鬆」了……也會遇到建築工地崩塌的鷹架、旅館莫名起火、失速酒駕，就像流浪狗一樣隨便死去……

猶如A子自己說的——她燒完了自身的命運，這個世界沒有她存活的未來。

不管骰子擲出哪種可能性，就算我們找到趨近於無限的分枝，最終，這龐大的數學題也只會收束成一個悲慘的答案。

不知不覺間，我似乎也對少女的死亡麻木了，那恐怕是最可怕的反應。這代表我漸漸將自我從輪迴中抽離，自認是無關的旁觀者。

就像在玩那些永遠無法破關的爛遊戲，我拒絕接受遊戲的結局，於是在通往結局的最後一個關卡流連不去。

一遍又一遍，刪檔再讀檔。

時間的概念開始模糊，我對周遭人事物的感覺漸漸遲鈍，連虛偽的微笑應答都不需要了。

連這些人在哪個時間點會說什麼話都預期得到的話，我要怎麼表達出真正的情緒。這時我才猛然意識到——A子也是這麼活過來的。

最後，在那個不知道重複第幾次的平安夜，我站在那棵記不清看過多少次的耶誕樹前，緊握A子的手開始顫抖，內心的瘋狂和焦慮幾乎要隱藏不住。

「少華……」

少女擔憂的眼神落在我身上，我咬牙忍住想哭的衝動。

我……沒辦法放棄，在劉松霖替我而死後，我就再也無法接受命運對我人生開的玩笑。

我將學姐從逃避網路霸凌的雪國中帶離、為失去哥哥的藍華彈奏無聲鋼琴，這些舉動貌似在救贖他人……但，最軟弱的其實正是我自己。

我沒有堅強到能接受殘酷的現實，所以不成熟的我只會一再逃避，然後一次又一次失敗。這就是潛伏在我夢裡十多年、那過於扭曲的怪物本質。

我絕望地盯著A子凝視耶誕樹默默落淚的側臉，明明是充滿光芒的夜晚，她卻身處深淵底部。

是不是如少女所言，放棄她會比較好呢？

剩下的夜晚在一片模糊中度過，我不記得自己做了什麼、我們去了哪裡，A子最後對我說的話是什麼。等回過神來，懷裡又是少女冰冷的屍體。

我緊閉雙眼，逼迫自己再次墜入夢境——接著發現自己並不在那片下著雨的沙漠，鼻腔充斥著濃厚的血腥味。

這裡似乎是一座小山的頂端，成群的蒼蠅盤旋於夜空——不，那不是夜晚，也不是天空。

在我頭頂上方擠滿了閃爍雜訊的映像管電視，發出擾人的聲響。藉由螢幕的閃爍光線，我才驚覺腳下正踩著以腐朽的軀體堆疊的屍山，鮮血小河流淌而下，各種臟器漂浮其中、蛆蟲蠕動翻攪吸吮肉塊。

每一張臉，都是A子。

「嘔……」

是只屬於少女的地獄，陷入無限時間循環的地獄。

過於噁心的景色讓我止不住狂顫，手指插進喉嚨，只想吐出肚子裡飽滿的——但裡面根本什麼都沒有，我的肉體早被空虛填滿。

連道歉都說不出來。

這是我做的嗎？是因為我一直重複輪迴，所以讓無數A子死去嗎？

我跪倒在地，對上其中一張少女的臉。死去的A子瞪大雙眼，雙瞳明明失焦，卻彷彿在注視著我。

半邊腐爛的雙唇張開，A子以一如往常的冷淡聲音質問。

放棄我吧。

爲什麼——要讓我受這種苦？

「啊啊啊啊啊啊啊啊啊！」

幾近瘋狂的我雙手抱頭，雙眼流下血淚。

「爹地！」

熟悉的聲音突兀地插入，只見雨衣幽靈輕飄飄出現在我面前。

那姿態宛如落入地獄的天使，但她一捧起我的臉頰卻高高舉起右手，一巴掌用力往我臉頰拍下去。

「爹地！給我醒來啦！」

夢中的痛覺過於真實，也讓腳下屍山的幻覺散去，當我回過神後又處於那飄降細雨的沙漠。

小I雙眼默默落淚，以堅定的眼神盯著我。

「不行了，爹地這次只能撐到這邊了。這樣下去你的精神會徹底崩潰的，連輪迴都沒辦法進行……」

我拾起混亂的思緒，搖搖晃晃爬起身瞪著小I。

「『這次』……」

我意識到其中的關鍵字，小I只是難過地別開頭。

「已經好幾輪了，到最後爹地也只會在這個地獄裡變得瘋狂，我不得不抹消你的記憶再從頭重來……但是不管爹地怎麼努力——你都不可能拯救A子。」

無法拯救A子的事實，我都知道。

A子都親自告訴我了，但我遠遠沒預料到，或者說，我逃避著其中某個更殘酷的真相。

小I似乎是下定了決心，她丟下傘和我一起站在雨裡，注視著我開口。

「因為——那是A子的『宿命』。」

明明，有著跟A子如此相似的臉龐，卻又截然不同。

「我認識的爹地用了一輩子的時間研究，發現了其他像A子這樣的預言者。預言者有個共同點，她們都『被迫』窺看命運。」

小I垂下眼眸，低聲呢喃著。

「希臘神話中的卡珊德拉不就如此嗎？先知為何總是預言國家與自己的覆滅，卻無法阻止？北歐神話的命運三女神也預言了諸神黃昏，為何她們總是與悲劇連結……

「爹地曾告訴我，越強大與高潔的靈魂，才會誕生越扭曲的怪物。預言者的命運註定犧牲，成為指引新生與未來的燈塔。」

我說不出話來，兩人陷入沉默。

沙漠中只剩雨水落下的聲響，帶走我躁動不安的情緒，最後僅殘留心死。

但也多虧心情冷靜下來，我意識到了某種可能性。

「可不可以回到『那時候』？」

燈塔在A子小時候開始出現，那麼只要回到那個時間點之前——

但小I搖了搖頭。

「爹地的扭曲源自『**與劉松霖交換靈魂**』，之後你就封閉了自我，我在夢境裡才只能偽裝成劉松霖。」

所以直到我的心境相對解放後，她才能回復成原本的姿態。

但小Ｉ解釋到此時態度有些躊躇，似乎有所保留。

「帶你回到比這更早的時間點也沒有意義，你這次的起始就是如此。」

小Ｉ的身體顫抖著，讓人感到心疼。

最遠只能回到那個時間點的話，小Ａ子早就被養父利用多年，根本來不及阻止燈塔形成。

「Ａ子媽媽自殺時，她才六歲。」

「嗯，遠遠比現在要更久之前，就算她在爹地你被綁票前……」

精確地說，袁少華被撕票至今已過八年。

在平安夜的生日前，Ａ子的年齡是高中二年級十六歲，由此推敲回去，綁架案當時她也只有八歲——這表示Ａ子媽自殺時一定更早。

如果能到達我被綁架之前的時間點，一切都還有機會挽回，可目前看來——這幾乎跟渴求奇蹟沒兩樣。

該怪她的人生太曲折，還是單純怪罪不應存在的神明？

我將手伸進溼潤的沙裡，因悔恨而緊握。

從一開始，Ａ子的人生就注定在此終結。

由於我的精神已瀕臨極限，小Ｉ求我乾脆回到靈魂交換那時從頭來過，但懦弱的我——最後並沒有做出這個決定。

一想起A子的笑容，我便不願捨棄這次的人生。

我害怕重頭來過後的未知未來，我怕我反而無法拯救任何人，無法再次到達這次的分歧點。

或許也是因為我已心知肚明，不管再做什麼努力——也無法拯救A子。

這宛如無限的回溯，成為新的囚房。

於是，又迎來再一次的輪迴。

數不清第幾次的二〇二一年十二月二十四日。

我擋在A子身前，打算代替她死在少年殺手手中——

「啊……」我卻被A子一把推開，跌倒在一旁。

又一次，一無是處的我目睹少女倒臥在血泊中，雙瞳漸漸渙散。

A子仍舊死了。

這已是我能以麻木的表情，猶如旁觀者般道出的事實。

「爹地，你不能隨隨便便就死去……我不想再孤單一人了……」

我無視小I的哀求，只是瑟縮在房間的角落，任由窗外的冬雨聲侵蝕心靈。

好像在最初的那一次，我也做過同樣的事情，什麼都不想、自我封閉在房間的角落。

我忍不住乾笑出聲。「小I，身為怪物的妳有看過嗎？人死後的靈魂去了哪裡？」

「我……沒有看過……」

連夢境裡的怪物都沒見過的話，是否沒有死後世界的存在呢？

我抖了抖站起身，拿出抽屜裡的那樣物品。

「我沒有要死喔，不過如果能有一次瀕死機會——是不是就能見到死去的A子？」

如果在A子死後，還能與少女的靈魂對談一次。或許，我就能放棄拯救她了吧。

「爹地！」

不管小I有多麼想抱住我、阻止我，她也只是沒法來到地表的怪物。

腦袋已經被渾沌填滿的我舉起美工刀，左手此刻卻瘋狂顫抖。

下不了手。

不會去思考這問題——而且我想活下去。

彷彿看見黑髮少女以冷淡的語氣再次提醒我。如果是妳的話，根本不會去想死後世界這種無聊到不行的可能性吧。

「嘖……」

我扔出美工刀，雙手無力地捶在桌面上。

恰巧地，手機也在此時響起鈴聲，這次學姐一樣努力打擾著我。我忍住內心的躁鬱，突然意識到一件事情。

A子不會預言自己死亡

如果我接起了學姐的電話，未來會如何？

在A子已死的現在，這麼做一點意義都沒有。但如果只抱持著消極的想法，過去的A子也沒辦法在無數分歧中找到答案，引導我拯救學姐與藍華的心靈……

「就算是沒有意義的事情，妳還是會去做吧。」

想起在夢中穿著泳衣的少女，我忍不住苦笑。所以，這次我接起了電話。

「喂——」

「冷死了學弟！快給我開門啦！」

不同於精疲力盡的我，對面是脾氣火爆的學姐抱怨聲。

平常到讓人想哭。

我本來想順手掛掉電話，但祐希學姐果然不是省油的燈，電話那頭再度傳來了聲音。

「反正你這廢物現在只會想逃避吧？因為A子發生了那種事。」

何止是那種事而已。既然都猜到了，那我更要逃避到底，我的手指懸在結束通話鍵上——

「不是說好了嗎？要一起去看極光？」

並非渴求的語氣，而是不帶一絲懷疑、只是一味信任我的態度。

「……」

學姐都說到這種地步了，我——

「向我這種爛男人撒嬌可一點用都沒有啊？妳有沒有搞懂狀況？」

說完氣話後我果斷掛了電話，然而身體卻違反意志，促使著我走到門前。

我握上門把時不禁想著，終究是自己妥協了吧。如果學姐只是用溫柔的口吻安慰我，我肯定不會接受，但提到約定實在太作弊了。

我沒辦法置之不理，因為我始終沒放棄最後謹守的一絲希望，所以才深陷於這近乎無限的輪迴。

一開門就看到穿紅色羽絨外套，加上短裙與黑褲襪的祐希學姐，看來她真的在外頭等了很久。

「果然開門了嘛！不過你的臉色還真差呢。」

學姐對我投以擔心的神色，而我聳了聳肩，只是輕描淡寫地回答。

「還活著就不錯了。」

我注意到外頭的天色早已昏暗，真是一點實感都沒有。

學姐並沒有被我的酸言酸語傷到，進屋後仍然保持著溫柔的笑容。

「我買了附近的鹽酥雞和其他炸物喔，一起吃吧？」

「沒胃口。」

我想躺回床上，卻被暴力學姐一把拉住，另一手的竹籤插著一塊鹽酥雞，硬是想塞進我嘴裡。

「給・我・吃！」

我只好吃一塊應付學姐，吞下喉嚨後不滿地抱怨：「妳搞啥啦？不過就一天沒吃東西吧？我會信守與妳的約定，才不會隨便去死。」

學姐點點頭，只是自顧自地柔聲說：「我知道。」

不，妳一點都不能明白。

我內心的怒火莫名越燒越旺，反正下次輪迴之後她也不會記著，我壓抑著憤恨反駁。

「妳根本什麼都不知道！我已經不知道看著A子死幾次了，再怎麼回到過去也無法拯救她……」

「這——是什麼意思？」

瞪著疑惑的學姐，我無力地嘆了口氣。

「學姐知道為什麼我不跟妳交往嗎？因為就算沒有發生這種事情，我也明白我跟妳不會是站在『同一邊』的人。」我轉開視線，「學姐只是不慎掉到了坑洞裡，需要有個人扶一把，但妳和我與A子本質並不相同。妳還擁有未來，跟被迫活在他人身體裡的我、和活不過成年的A子都不一樣。」

最後，我故意以冷酷的語氣說：「妳——不值得愛上我。」

我真正憎恨的是無力的自己，那才是我最不想說出口的真實。

學姐因為我的說詞露出有些受傷的表情，眼眶甚至打轉著淚水。

如果她能感覺到不妙的氣氛而離開就好了，但出乎意料的是——我們彼此間的沉默並沒有持續太久。

「這樣啊，學弟你──認為自己沒那資格愛著別人嗎？就算對A子也是？」

祐希學姐露出溫柔的笑容凝視著我，那美麗的瞳孔還閃著淚光。

……啊，果然是這樣，所以連在平安夜對A子的告白都顯得相當猶豫。

就算被戳破了，我也只能逞強道：「妳聽不懂我的意思嗎？」

她眨眨眼睛，捏了捏我的臉頰。「果然是你會有的扭曲想法。」

在我再次發怒前，學姐卻採取了意料之外的動作。她向前一撲，緊緊抱住了我。

那溫暖的體溫彷彿澆熄了我內心翻攪的複雜情緒，祐希學姐撫著我的後腦勺，在我耳邊低語。

「那我只問你一句。如果你再次回到我自殺前，你還會拯救我嗎？」

我無法回答學姐。

正如她用那個約定綁住了我，就算我再次進入囚房夢、就算我失去這一次人生的所有記憶出現在學姐面前……

「果然無法放下呀，笨到不行的妳。」我老實地說了出口。

祐希學姐露出了微笑，那貫徹單戀的笑容相當溫柔，卻也讓人心碎。

「嗯，那就夠了。」

不管重複多少次，我都會想辦法拯救學姐藍華——還有A子。學姐離開後，我闔上雙眼回到夢中，凝望著飄雨的天空，此刻的心情竟莫名得舒暢。

對於這無解的輪迴，在學姐的鼓勵過後，我的內心已經尋找到一個結局。這或許不會是A子期望的選擇。A子想活過十二月二十四號，如果她終究沒辦法渡過這一天，也希望我能代替她去看看未來的天空。

但我是個膽小鬼。

所以不想回到現實的學姐，我用謊言給予她遙遠的承諾。所以不想面對真相的妹妹，我用謊言給予她虛假的回憶。不管我是否改變了她們的命運，我那慣於說謊的本質從未改變。我是在什麼時候開始習慣了逃避事實呢？或許是在我跟劉松霖交換靈魂的那一晚，是在無法讓他再次露出笑容的——

「不對……」

翻攪著記憶深處，瞪大眼睛的我不禁喃喃自語。

齒輪總是喀喀作響，是因為那些關鍵從一開始就沒有完美切合，我在錯誤的前提下延伸出了後續的所有行動。

或者說，是不想去面對那真相嗎？

扭曲的起點，並不是在那個時候，明明我心知肚明。

我被綁票的那天——已經是最後面對的結果。

我開始想說謊，想否定這個世界賦予袁少華的期待，想追尋自認的自由卻墜落深淵的時間點，遠遠比這要——

「我一直在說謊喔，爹地。」

天上的繁星拉出長長的軌跡，白光吞沒小船上的我與身後的小I，耳邊只聽見我的怪物脫口而出的歉意。

船並沒有航向過去。

在濃霧中，小船似乎觸岸停下。我將視線從長滿雜草的柏油路拉向更遠方，只見雨霧中似乎聳立著許多水泥大樓，卻沒有半點活人的氣息。

大樓的窗戶爬出藤蔓，甚至有部分傾倒在路邊，只剩斷垣殘瓦。倒是兩旁的路燈仍默默亮著白光，在霧中形成一圈圈光暈。

當我一回神，小I已經將船固定住，笑著向我伸出沒抓傘柄的手，表情卻藏不住落寞。

「走吧，爹地。」

我沒有多加詢問，拉住她的手起身下船，兩人一同走入霧中。

稍微走一段路就知道了，這裡是城市的廢墟。規模之大就像遭遇到不可挽回的大災變，例如毀滅性的洪水地震或疾病之類的，於是人類被迫拋棄了辛苦築起的城市。

明明是在很多末世遊戲中見慣的景色，實際置身其中還是有些不可思議。雖然夢與現實有道不可突破的隔閡，內心依舊感受到了莫名的空虛。

這座城市的細節沒有完全被傾頹抹滅，我一下就注意到這裡是以哪座城市當作範本。

租屋處附近林立的舊大樓、常常騎車經過的高架橋、一旁停滿整排腳踏車的校園大門，都是記憶中熟悉不過的景色。

我們沉默地在雨霧走了一段路，我一邊觀察著兩旁殘破的大樓與公寓，想著這樣下去也不是辦法，只好主動打破這氛圍。

「帶我來到未知的夢境，是為了什麼？」

小I注視著前方，以平靜的語氣回應。

「這座城市，曾是我的故鄉。爹地知道嗎？這座你應該很熟悉的城市——」

「是以臺北為樣本，對吧？」

「……嗯，你沒猜錯。」小I承認了。

說實在任何城市變成雜草與藤蔓密布的廢墟後可能都不會差太多，可我的內心就有種直覺——這是被捨棄的臺北市，不管是那熟悉的捷運口、看慣的亭仔腳街道……現在果然得到對方的承認了。

小I接著補充：「如今在雨中已經成為廢墟的這座臺北市，是我的故鄉。」

我眨了眨眼，不覺得小I在說謊，畢竟她的身世始終成謎。

雖然她總是嚷嚷著是我的怪物，我卻一直有種說不出的違和感，至於那違和感的源頭——

我將那內心的感受老實說出來：「我始終不了解妳，但不是因為怪物本身的神祕，而是——妳本來就不是我夢中的產物吧。」

我想起在藍華夢中遇到小I的時候，當時的我雖然記憶被抹消了，腦海裡卻浮現在雨中廢墟啜泣的洋裝女童，因此激動不已……

啊，就是這座城市啊，難怪這些景象這麼熟悉。

小I只是露出寂寞的笑容，低聲說道：「爹地只說對了一半。」

只說對了一半？她再次賣了關子，不肯一口氣說清楚。

「你看。」雨衣少女指向前方，在霧氣散失大半的城市中央，遠遠就能看到這座城市的最高大樓。

那倒插的九節鞭外型非常醒目，我認出那是臺北市的重要地標一〇一大樓，就算在夢境的廢墟仍然屹立不搖。

「我們的目的地在那裡，八十九樓的觀景臺。」

觀景臺？為什麼要去那裡？

我能想像到的只有一〇一大樓夠高，從那裡可以俯瞰整座城市。

還來不及追問，我們只跨幾步就到了大樓的入口，夢中的物理距離實在沒有太大意義。

「歡迎回來，爹地。」

站在大樓門口，小I才稍微露出了愉快的笑容。

似乎，這是個能讓她心靈放鬆的場所。

無視我的一頭霧水，她領著我去搭高速電梯。

幾個月前我們在現實中才來過一次，但在電梯門打開的那一刻卻讓我相當驚訝。實際見到的景色，實在遠遠超過我的想像。

「真是別有洞天呀……」

本來的觀景臺是公共場所，灰色調的室內有些人聲吵雜。但夢境中的一〇一觀景臺似乎成了私人使用的地方。

牆壁漆上明亮的白漆，天花板上則懸掛著數盞暖光吊燈，鋪滿地面的紅色毛毯，上頭的圖樣是各種可愛小動物。

即使空間寬廣，這些布置卻讓我感到溫暖，感覺很適合小孩。

開放式空間做了一些區域分配，入口這區域擺放著常見的家具與家電，例如沙發和電視之類的，看起來就是客廳。

客廳旁有一張靠窗的公主床，床邊有著少女風格的梳妝臺和大衣櫃，看起來是做為寢室使用的區域。

「爹地，我——想要一隻泰迪熊，可以嗎？」

床邊地板上坐著一位穿著白洋裝的女童，玩著手邊的動物布偶膽怯地問道，似乎害怕對方不會答應。

「晚點就做給妳，再等一下喔。」

蹲在女童旁的西裝男子點點頭，女童的表情便漸漸明亮起來。

這是——什麼畫面？

幻覺轉眼便消逝，愣住的我只能朝窗外看去。

跟外面冰冷的城市相比，這裡真正散發出有人生活過的氣息，不管是客廳桌上未收好的遙控器和抱枕、房間散落的玩偶，以及沒折好的床單等……

視野拉回來，我注意到電梯入口旁其實還有個鞋櫃，透明窗裡面放滿了可愛的童鞋，甚至還有一雙雨靴倒在鞋櫃旁。

「爹地～我想要光腳出門～」女童天真爛漫地笑著。

「外面在下雨，還是帶傘跟雨靴吧。」男人摸了摸她的頭，也露出了微笑。

眨眨眼，幻象又消失了，可這份溫暖——在這不停下雨的廢墟中是如此異常。

「這裡是我家喔，爹地。」

所以對於小I有些炫耀的語氣，我不知該如何回應。只見少女蹦跳著到我面前，小臉貼在我面前要求。

「這時候該說的是『我回來了』吧？」

不想讓小I難過，於是我只好勉強微笑道：「我回來——了？」

她滿意地點了點頭，再次抓起我的手。

「嗯嗯！我帶爹地去你常待的區域吧。」

離開寢室與客廳區，我們穿過現代風格的廚房與露天浴池，接著迎來一排又一排的木質書架，上面放的書缺了不少。

書架旁是一套對著窗外景色的書桌椅，小I撫摸桌上厚書的封面，低聲開口。

「這裡是爹地的書房喔，你都在這邊觀察底下的夢境。」

彷彿應證著她的發言，我的腦海裡又閃過一幅畫面。

「嗯，看來這裡的細節可以再加強……」

男人翻開筆記本，拿出鉛筆在上頭記述著什麼。

「爹地在記錄什麼呢？」

「這個嘛——祕密喔。」

小女孩抓住男人的衣角，與他一起凝視下頭的城市景色。

「視野確實不錯。」如果我是他的話，也會想把這裡做為夢境的核心。喃喃自語的我，思考起這一切的脈絡。

小I提到的那一位我不認識的「爹地」，加上她能「穿越過去」的能力，或許代表著其實有一個原屬於她的「時間點」，如果將這些可能性整合在一起，就能隱約猜到一個答案。

「不錯吧？我也很喜歡這裡的景色，雖然很久沒回來了。」望著窗外的雨景，小I的微笑變得落寞。

「我——來自某個未來，來自未來『那位爹地』塑造的夢境，我是他養大的怪物。」

帶我來到這個地方，也代表她想說出放在心中很久的祕密了吧。

「這裡，就是『那位爹地』使用的書房。但我不想將你們兩人分得很細，因為對我來說——你們都是我的爹地。」

小I如此宣告，我卻不知道該說些什麼，她因此露出有些受傷的表情。

「回我房間休息一下吧，我喜歡坐在床邊看外頭的景色。」

我們靜靜離開了書房，在公主床的床緣坐下。

小I脫下身上那件略帶透明感的雨衣，原本看似什麼都沒有的空虛之處，被

A子不會預言自己死亡

穿著白洋裝的少女軀體取代——就是我曾看見的女童身上那件。

「好看嗎？」

女孩站在床邊，穿著白洋裝在西裝男子面前快樂轉圈。

「好看。」男人開心地將女孩抱了起來。

我在心中嘆了口氣，眨眨眼將幻象抹去。我跟小I一同注視著窗外飄著細雨的城市廢墟，少女以壓抑著情緒的寂寞表情娓娓道來。

「我來自那一個——爹地失去所有的未來。」

「失去所有……？」

看著我訝然的臉，小I這次總算給予了真相。

「嗯，那是『最初』的時間線。那裡的A子同樣與你相遇，但你們——沒有能力拯救祐希與藍華，爹地接連失去了她們。」

我睜大了眼睛，無法想像那會是何等痛苦。

「你不會想體會這種感覺。」

身著西裝的男子背對房間站在窗前，聲音沉重。

我眨了眨眼，又是幻覺——或者就我的理解，應該說是夢中殘存的意識吧。

「最後，當然也失去了A子。這一段記憶也是爹地告訴我的，我——出生在那之後，很久以後……」

小I抱住一旁的泰迪熊，雙瞳似乎也漸漸渙散，猶如機器人般，繼續毫無情緒地唸著在這座廢墟發生過的記憶。

「在她們死後，爹地才意識到有什麼東西造成她們的死，自己與劉松霖的靈魂交換可能也來自同樣的東西。於是，爹地用一生為代價，以不可能被旁人理解的孤獨，去研究夢與怪物的運作機制。」

……何其愚蠢。

緊抓著逝者不放也無法慰藉生者，但袁少華就是這樣固執的白痴，就算是另一個未來的我也是。

此生即地獄。

「在爹地邁入老年的時候，為了測試與運用夢境，這座夢中的臺北城被創造出來。」

原來小I對於臺北的街景會露出懷念，是因為這座城市她確實曾經生活過，只是在遠離現實的夢境中。

小I將臉埋進泰迪熊，以哽咽的聲音說道。

「而我——是爹地主動創造出來的『怪物』。我出生在這座觀景臺，一開始還是只能哭鬧的小嬰兒，也是在長大很久以後——我才徹底理解到這裡只是場夢，因為你竭盡全力地讓眼前一切像『現實』一樣。」

那位袁少華，妄圖成為神來改變因果嗎？

我對此竟然有些毛骨悚然，可小I的語氣卻有些不同，雙瞳也取回了光彩。

「我雖然因為這裡只是夢境而生氣，但爹地——爹地全心全意地愛著我。」即便那感情在某種程度上很扭曲？我問著未來的那個自己，卻得不到答案。

「您用笨拙的方式照料我到大，在沒有母親的狀態下給予我足夠的愛。雖然我沒有真正上過學、接觸過你之外的真實人類，但你教給我有關這世界的一切。」

真正回應我的，只有許多來自未來的幻象記憶。

「是『煙火』喔，很漂亮吧。」

將嬌小的女嬰抱在懷中，在落地窗前欣賞花火的他。

「這是關於一位寂寞守塔員的故事……」

翻開燈塔封面的繪本，坐在床邊唸故事給女童聽的他。

「有機會的話，真想讓妳看看更有趣的夜市呀。」

走在熱鬧卻莫名空虛的夜市中，拍了拍女孩頭的他。

「恭喜畢業，小I。」

在無人的教室中，伸出雙手給予少女畢業證書的他。

無論如何，那都是過於寂寞——卻也溫暖無比的景色。因為那一位袁少華，始終都微笑著、發自內心愛著小I。

——他所創造出的，唯一的女兒。

「……」

但就算小I把我和他視作同一個袁少華，我終究沒有對方的記憶。就算我繼承他的記憶，我們也不是同一人，我們仍是無限相同卻又無限不同的兩個人。

卻同樣珍惜著眼前的少女。

我伸出手想拍拍小I的肩膀，一直將臉埋在泰迪熊中的少女突然再次開口，這次卻話鋒一轉。

「只是，爹地與怪物終究不同。人類是有壽命極限的，爹地在夢中雖然不老，但是某天你卻突然消失了，後來我好不容易來到現實……才看到了，躺在病床上白髮蒼蒼的瀕死爹地。」

似乎又窺見了記憶的幻象，來到現實的怪物與即將訣別的老人，想抓住對方的手卻穿透過去的小Ｉ。

深陷病榻的他說了什麼，最終露出安詳的微笑。

那位袁少華，將這件事盡可能瞞到了最後一刻嗎……

「爹地最後向我笑著告別了，卻沒有留下任何遺願。或許爹地認為我在你死後就會消失，或許你臨死前的一抹笑容，已經證明自己這一生已無憾，只是……」

我心一緊，呆呆地望著外頭飄雨的城市廢墟，眼前的一切已不言而喻。

「夢境，還有小Ｉ妳——都沒有消失。」

如果像海中的泡影，在浮上海面的瞬間就破滅就好了。被留下的夢中怪物，反而得面臨最痛苦的酷刑——獨自一人活下去、面對夢境中那時間趨近於無限的寂寞。

少女放下了胸口的泰迪熊，緩慢地走到窗邊，一隻手碰觸著起霧的玻璃，注視著窗外的眼角靜靜滑落眼淚。

對於命運的捉弄，此刻她並沒有任何憤恨，或許是那太過漫長的孤獨早已磨平了任何怒氣。

「我知道那位爹地死了，但我仍然在這裡等待著。」

外頭的城市景色煥然一新，回復到那座漂亮的臺北市。

「一日又一日、一年又一年。」

一瞬間，雨再次降下。

城市以超高速的方式日夜輪轉、再次腐朽與崩塌，轉變成我初來時看見的那座廢墟。

「直到城市被永不停止的雨與霧包圍，我都在等待著爹地。」

夢沒有時間概念，但存在其中的靈魂仍然得面對名為永遠的刑罰。

「最終我終於忍受不住，搭上木船離開了這座城市。花費了遠超過人類生命長度的時間，我想辦法來到了夢境的彼端——並再次遇到了爹地。」

我站起來想靠近對方，少女卻轉身抬起手阻止。

「小I……」

她將雙手疊放在胸前，身體因為不安與絕望顫抖著。

「但是，爹地……就算我是怪物——卻是你賦予我人類的情緒啊！

「為何你要將我當作你們的女兒養大？為何你要告訴我這世界上有很多快樂的事情？

「為何你要離我而去？為何你希望我開心地笑著？」

最後，是一句帶著鼻音的泣訴。

「為何——我不能誕生在現實世界呢？」

我無法回答她，更不可能給予寂寞的她任何承諾，現在的我只能輕輕抱住她。

夢中的她有了體溫與柔軟的實感，但這一切，反而顯得不真實。

「我不會離妳而去。」懦弱的我，還是給予了保證。

「真的……嗎……」

我點點頭。

「因為是爹地呀……」

但小I仍帶著哭音，似乎不相信我說的話。

「不管多少次，你都會做同樣的決定。明明，你已經知道我在說謊了。」

我知道。

我知道妳在說謊，在真相已逐漸清晰的現在，妳還是有所隱瞞。

妳還有一個事實沒有告訴我，但就算如此——就算是失去記憶前的那個我，恐怕也會做出同樣的決定吧。

不管多少次，你都會做出同樣的決定。

幾個月前，當我們身處在宜蘭老家的庭院中，小I也曾看著星空說過這句話。

此時此刻，是又一次的十二月二十四號，同樣的夜晚，於下山的貓空纜車裡。

我這次的決心是不是也曾經實踐過？在我這輪記憶被覆蓋之前？

這種問題自然沒有得到小I的回應。這一次醒來後到現在，她都沒有現身——或許是在思考著該怎麼繼續面對我吧。

撫摸著鼓起的背包，在知道A子今晚就會結束生命的此刻，我不會再拿出日記來讓她傷心。

深吸一口氣，我瞥向坐在對面的A子，她也沉默地望著外頭朦朧的山景。

我做好覺悟，將那句最殘酷的話說出來。

「妳等等會死，A子。」

她轉頭面對我，眼睛微微睜大。

我繼續燦笑著說：「妳的預言再次失準了，妳沒看到我在這個場合會說出這句話。」

「……嗯。」

對方坦率地承認了。

「那我再問個問題，妳也沒有看到我想送什麼耶誕禮物吧？」

少女沉默片刻，最終垂眼注視著地板。

「沒有看到。」

她的反應讓我心痛，但並非因為少女即將死亡，而是因為——我將帶著她前往與對手帳的寄託相反，截然不同的道路。

只有這個方法，能讓A子與小I的生命延續下去。

我傾身伸手，撫摸A子那冰冷的臉頰。然後，只能再次嘗試露出溫柔的笑容，以此掩飾內心的空虛。

「我想給妳的禮物是——從這戰場中逃離吧。像個膽小鬼那樣放棄未來吧。」

我緊緊盯著A子漆黑而美麗的雙瞳，如果因為後悔而退縮，下一刻肯定就會被內心的罪惡感吞沒。

而且，這也是為了小I。

但這是不可能得到少女同意的做法，她一定會像以往那樣什麼都不說，只是安靜地發出壓迫感說服我收手吧。

沒想到——此時少女只是露出平靜的微笑。

她有看到我會做出這個選擇嗎？或者只是預料到我會再次說謊？

「嗯。」

但那笑容過於純粹與美好，我想起我曾在哪見過。

怪物只能跟怪物交往。

那是在那個午後的別墅陽臺上，我故意為難A子、要求她跟我交往時，她露出的可愛笑容。

再也忍不住了，我的喉頭湧現酸澀，撫摸著少女臉頰的手開始顫抖。

「不要難過。」

A子伸出纖細的手指，拭去我眼角湧現的淚水。

「辛苦了。所以，好好休息吧。」

A子沒有詢問太多細節就答應了我的請求。

沉默著的她是知道我想要做什麼的吧？就算是僅存於這條時間軸上的少女，也與我經歷了幾個月的冒險，建立了一定的默契。

就算沒直接看到這樣的未來，又或許在更久以前——理解自己無所退路的她早就預想到了這一天吧？

我們重新走回停車場時，茫然的我思考著這些無關緊要的事情，直到把安全帽遞給A子後，才注意到她始終沒做一個舉動。

這次沒有給我她親手織的手套。

雖然是我自己打斷了本來要進行的禮物交換，一時間我卻困惑不已。在此前的無數次輪迴，她都會在騎車前給我那雙織著小貓圖案的毛線手套。

「在回家之前，我想再逛一下。」背後僅傳來她細小的聲音。

「好啊。」

我接受了A子的提議，催下機車油門。

再來的行動和印象中第一次的平安夜約會沒有差太多，我們一樣去看了場電影、之後等個廁所再集合，牽著手一同來到外頭駐足於閃閃發亮的耶誕樹前。

A子不會預言自己死亡

時間晚了，行人也少很多，身旁的長髮少女凝視著耶誕樹上頭的燈飾。

我搓著冰冷的雙手，內心不免感到沉重。這時候的A子或許會默默落淚吧，過往那悲傷的畫面無法從腦海裡抹去。

但沉默的A子始終沒有太多反應，任由耳邊迴盪著冬天的風聲，持續了片刻。

看似做好覺悟的少女轉身面對我，再次輕啟雙唇，卻是預料之外的一句詢問。

「『她』在你身邊嗎？」

命運的齒輪似乎再次相合，開始喀擦轉動起來。

我微睜雙眼，對於前幾次時間回溯——不，或許是無數次輪迴中的A子都沒做出的分歧感到訝異，甚至一時之間只能裝傻。

「她？」

「你的怪物。」

被挑名對象，我反倒說不出話了。

「我的燈塔有看到她。」

雖然小I躲藏的技巧很拙劣，但果然是一開始就被燈塔捕捉到了。

這麼說來，既然A子從頭到尾都知道我夢中存在的怪物，為何之前從沒表示過什麼？

「你是說小I——」

A子點了點頭。

「我想跟她見一面。」

這不是我能決定的啊，該怎麼解釋小I對本尊的排斥才好。

「我跟妳沒什麼好談的喔，A子。」

只見雨衣少女從我背後偷偷冒出一顆頭，狠狠瞪著A子。

這孩子還是那麼幼稚啊，二重身的都市傳說終於實現了，卻沒有預期的震撼轉折。

只因為兩人同時出現時便能做出比較，不只個性天差地別，外貌也有微妙的差異——根本就是不同的人。

我也意識到那個少華的初衷。從一開始，他就不把小I當作A子的替代品。

「就算少華做了這個決定？」

無視小I的敵對態度，A子只是靜靜反問，既不壓迫也不威脅，一如往常的淡然。

但小I還是不敢直視A子，看起來相當心虛地說：「爹地要做什麼決定我又不能管，要向下沉淪是他的選擇，而且這不是更合我這怪物的心意嗎？」

妳說話也留點情面啊。在無奈苦笑的我面前，A子緩緩朝我們走來。

小I的眼神更加警戒，本來以為她會乾脆消失，但始終只是像隻貓一樣豎起毛瞪著A子。

直到A子已經來到我面前，小I依然彆扭地不跟對方對視。但A子只是逕自凝視著小I，眼神稍微柔和了一點。

「夢裡的書，謝謝妳。」

少女輕聲道出真相的這一瞬間，我才搞懂了什麼。

「啊？妳夢裡那些書是小I給的？」

之前的A子確實提過，有人將紀載著夢境與怪物知識的書放在燈塔裡，才讓她擁有反抗命運的能力，希望我跟那人好好道謝。

這麼說來，在夢境中的觀景臺——書架上的書少了很多，那些書恐怕都記載著有關夢的知識，而且被小I帶了出來。

A子瞪了我一眼，似乎在嫌棄我的愚蠢。我只能搔著頭尷尬地笑了。

「那些書又不能拯救妳，反正妳死定了……」

小I故意說著氣話，一時間我實在不知道該站在哪邊。我能理解小I的寂寞與痛苦，但這話是有些過分了。

「我明白。」彷彿早就知道，A子只是淡淡地說。

「既然明白的話，妳還是想答應爹地的願望來綁住他嗎？」

對於小I的挑釁，A子淡然反擊。

「不走向未來的，是誰呢？」

「……」小I退縮了。

因為無可反駁，不只是小I，連一旁的我也只能苦笑，有跟著被罵的感覺。

讓A子就這樣死去，我的時間繼續向前的話——恐怕我也無法釋懷。

如果我主動拋棄了這一切，之後的餘生也不會甘願吧，我同樣會做出「那位少華」的行徑。

就像過去的我也沒有走出綁票事件，我就是如此偏執扭曲的個性。後天環境固然有所影響，卻沒改變我刻印在靈魂的本性。

A子說過她的窺視能力在我身上作用有限，她實際上到底看到了多少呢？

這問題恐怕永遠不會得到解答，我只能猜測這裡的她先看到了我和小I的互動，所以決定鼓起勇氣與小I對話。

「我——不是想責怪妳。」

A子站到我們面前，微微彎腰。明明觸摸不到，但還是嘗試摸了摸小I的頭，並露出淺淺的笑容。

這時我才觀察到，兩人連身高都落差了一些。

簡直就像一對母女。

「很害怕吧。」A子的語氣流露心疼。

「妳又知道什麼……？」

「我懂的。」

對於小I從未向外人訴說過的寂寞，A子以堅定的語氣回應。

「無法邁向未來的痛苦，過去也無法容納下自己——甚至連此刻都沒有立足之地，只能不停說謊。」

我和A子還擁有當下，但怪物什麼都沒有，連現實世界這層地表都無法到達……

小I只是低著頭，一句話都不說。

所以A子繼續開口：「妳的本性不壞，所以妳將書放在我的房間，所以妳一直陪伴在少華身邊、默默鼓勵他。」

「不，明明犯錯的就是我……」

對於小I落寞的自白，A子只是搖了搖頭。

「妳很寂寞。否則，妳不會從觀景臺離開。」

小I愣愣盯著A子：「妳連這個都知道嗎？」

A子點點頭，手伸進側背包。

「以我的立場，並沒有資格說什麼。更何況，有關妳和少華的一切都是我一手造成的。只是……」

A子終於從側背包裡拿出了紫色紙袋，是我剛剛還在好奇下落的耶誕禮物。

裡面卻不只兩雙手套，除了我和A子的——原來還有第三雙。

但既然她早就知道小I的存在，當然也知道這手套不可能送到對方手裡。

即便如此，在所剩不多的時間內，少女還是耗費額外心力編織第三雙手套。

「我很想說這不像妳的個性，但妳本來就常常在做傻事。」

我露出無奈的笑容，胸口卻泛起暖意。

就連小I的臉色也大幅動搖，眼眶泛著淚說：「這不是一點意義都沒有嗎？妳那雙手套我也不能戴呀……」

A子將三雙手套交給我，伸手像是要抓住小I的手，或許是想將內心的想法傳達給她吧。

「嗯，我明白。我只是想回應妳的默默努力，這是我唯一能做的。」

A子張開雙臂，將如此相似、卻又始終不同，甚至還矮了一點的另一個自己虛擁入懷中。

「不用再躲起來了，我想聽聽妳的故事。我想理解妳的寂寞，想聽那些我沒窺視到的未來。我也想知道妳和那位少華的故事，想理解那是多深的遺憾和愛——才會創造出妳。」

此刻，連A子的眼角都泛著淚水。

「更重要的是，」A子漾起笑容，「我只是想見妳一面，並且親口對妳說一聲——謝謝妳，小I。

「妳改變了我，也讓我不再只是扭曲他人的命運。」

那或許是注定帶來悲劇的怪物，最想聽到的一句救贖吧。

A子不會預言自己死亡

從小I那湧現滾落的斗大淚珠，就能明白她的痛苦壓抑了多久。

兩人再次擁抱，儘管連彼此體溫都無法傳達。

「嗚……」

但從小I那淚水汪汪的雙眼來看，A子的心意肯定有好好接收到了。

「那我可以，有個請求嗎？」小I低聲問道。

A子直直凝視著小I點點頭，我也在旁側耳傾聽。

「爹地創造我的時候，並不是把我當作妳的替代品。爹地說A子是不可取代的，他也希望我比A子更常笑。」少女抹了抹眼淚，「自始至終，爹地都充滿愛地照顧著我，我想他是將我當作女兒了吧，把我當作他與A子的生命延續形式。」

那位少華並非懷抱著消極彌補的心理，而是以積極的想法創造了小I。

我想他並不是要「重現愛」，只是想「讓愛延續下去」——真是白痴，但我卻沒辦法否認他的想法。換成是我，可能也同樣會這麼做。

難怪，連幫人取的暱稱都有互補的概念。

「但我的誕生不只是來自爹地，而是來自你們共有的記憶。你們的記憶孕育了我，所以對我來說……」

她因此有些猶豫，臉頰也開始泛紅。

「我可以叫妳一聲——媽媽嗎？」

沒想到是這種請求！不只是小I和我，連A子都有些臉紅起來。

「妳當媽了呢。」我咧嘴笑了。

A子冷冷瞪了我一眼，但最終還是溫柔地點點頭。

「嗯。」

得到了A子的允許，小I張了張口。

「媽……」看來是有些羞恥，臉一路紅到了耳根。「媽……」

努力了很久，她才終於擠出那兩個字。

「媽媽……」淚水隨之湧出。

一個人忍耐了太久太久，小I哭得不成聲，只能緊緊抱住A子袖子所在的那片虛空。

深植靈魂深處的寂寞與痛苦迴盪共鳴，兩位女孩最後哭成一團，搞得我都鼻酸了。

我載著A子回到住處，繼續執行原先計畫的願望。

盥洗過後，狹小的單人床上照樣擠了兩個人，雖然這可能會是最後一次了。

「晚安。」

我吃了點安眠藥強化睡意，摸了摸少女的臉頰，還是相當冰冷。

「嗯。」A子的嘴角微微勾起，闔上了雙眼。

我們很快就進入夢中，脫下雨衣的小I早已等候多時，還把之前的兒童樂園重新蓋好了。

「一開始先來玩遊樂園幾百趟吧！」小I興致勃勃地說。

「好啊，反正有得是時間。」我露出燦爛的笑容，內心卻有些空洞。

我對A子的請求——從戰場中逃離，就是這層涵義。

在A子死亡前的這幾小時，我要用夢境盡可能地延長時間。能多久就多久，如果能陪她們在夢中度過一生就更好了。

那是過去的我絕對不會想做的，比墮落至黑暗還要糟糕的選擇。

舉步不前，徹底向下沉淪。

可是……

我望著前方終於牽起手、因此相視而笑的A子與小I。

「這樣不也很好嗎？」我自問著。

在此刻誰都不會犧牲，這是唯一能讓「兩人」生命都能延續的方法。

之後，我們在兒童樂園裡玩了各式各樣的遊樂設施。

之前和小I兩人在這裡玩的回憶浮現在腦海裡，不過多上A子後感覺又不一樣了。

而且，看著笑得更加開心的小I，連安靜的A子都會微微勾起嘴角。

「纏在心中的結能放開的話，那就太好了……」我輕聲自言自語。

不過小孩子還是小孩子，坐幾趟雲霄飛車後，小I找了個垃圾桶大吐特吐。

露出擔心表情的A子在一旁拍著小I的背，我則是見怪不怪地笑出聲。

「哈哈，我們還是去搭摩天輪休息一下吧。」

A子也點點頭附和。

「我還能再撐一下啦……」

雖然小I看起來還想逞強，不過我還是把她抱起來往摩天輪走去。

「休息才能走更長遠的路喔？下次做個國外的遊樂園吧，我有去過幾個號稱全球最刺激的雲霄飛車喔。」遠遠看到都會有些腿軟呢。

不過小I只是嘟起嘴說：「又在炫耀了，哼。」

「只有張嘴。」

沒想到連A子都加入小I那邊嗆我，說完後和小I相視而笑。

遇到這對母女，看來之後的日子不會太好過了。

我們搭上了小型摩天輪，看著兒童樂園外荒涼的白色沙漠。

雖然想像之前那樣再做一場煙火秀，不過一上摩天輪後反而是A子先靠著我的肩膀睡著了。看來她因為暫時擺脫了多年來的巨大壓力，精神一放鬆，意識就支撐不住了。

在接近現實的夢中入睡是什麼感覺呢？雖然之前有在藍華的夢中睡著過，卻沒有什麼特別的印象，大概只會做一場夢中夢吧。

「爹地，你要繼續拓展城市嗎？」

興奮的小I沒有任何倦意，注視著車廂外的風景開口。

「是啊，妳想要再住進一〇一觀景臺嗎？不過這次多了A子，或許會有更多的想法。」

我低下頭，撫摸著A子的額頭。

「我覺得臺北雖然有些缺點，但終究是自己長大的故鄉，我並不排斥這裡。但A子跟我不同，她幾乎沒有去過臺北以外的地方，對她來說，臺北肯定不是擁有美好回憶的地方。」

這些小I大概都知道，坐在對面的她沒有多說什麼，我笑著繼續說下去。

「或許，我們可以做個鄰海的城鎮，參考地中海或是義大利的海港，有心曠神怡的海風、溫暖的陽光與金黃的沙灘。

「我們可以在沙灘邊蓋一座小別墅，一家三口住在那裡，也能想辦法做做看寵物。

「妳想要上學看看嗎？我不知道那位少華有沒有嘗試做過，不過這次有我和A子，我們可以幫妳打造豐富的校園生活。

「我和A子可以無所事事，但或許也會去嘗試不同的工作。就像是平常的小家庭，雖然平凡，但過得很充實。

「妳們的缺憾，我全都想好好彌補。」

我在內心勾勒出「未來」的藍圖，那真的非常美好。太過美好到——真的是場夢。

「是一場美夢呢。」小I溫柔地笑了。

但她這時露出的笑容，卻讓我感到一絲不對勁。

太過祥和了，彷彿放下了什麼，做好了覺悟。

「小I……」

我下意識地往身旁看去——剛才明明還撫摸著A子的秀髮，此刻少女卻不見蹤影，就連對面的小I也消失了。

不過是一眨眼，周遭的景色又扭曲起來，被白霧充滿。

不……

「妳這次又要——趕走我？」

「嗯。」不知從哪裡傳來了小I的聲音。

身下一晃，當周遭的霧再次消散時，我已經置身在木船的尾端。

是另一種意義上的趕走，而且——就連天空都向前邁進了。

本來的陌生星空已經落下山頭，地平線彼端迎來了黎明。

頭頂上方萬里無雲，是一片天藍色的天空，連無波的海面都映照出了天空的璀璨。

在沒有風也沒有浪的無垠之海上，就算扔掉了船槳，小船依舊逕自向前航行。

「小Ｉ，不要做這種傻事……」

「我不想再說謊了喔，爹地。」

聽出來了，小Ｉ的聲音來自我背後。

我想轉身阻止她，卻發現身體動彈不得，反而是感受到了溫柔的觸感，還有看見身旁伸出的兩隻手摟住我。

「如果爹地轉身的話，我肯定會不敢繼續前進。」

我聽出了她的覺悟，但……

「對妳來說這可不是繼續前進呀！我已經知道妳說謊的原因——」

「嗯，我現在只剩最後一個謊了。」

彷彿能看見靠在我背上的少女，那落著眼淚露出的笑容。

「就是——『**不能回到更早的過去**』這件事。」

內心一沉，在意識到自己的心靈早在被綁架之前就已扭曲時，我就察覺到這個真相了。

我能夠孕育出怪物的時間點，絕對是在綁架案之前，因為綁架案只是「結果」。

而小Ｉ不願說出口，是因為她知道如果我到了更早的時間點，肯定……

「因為爹地就是那樣的人呀，你打從一開始，就是這麼任性妄為喔。」

「小Ｉ……現在還可以……」還可以停止，不要做這種事情。

然而，不顧我的請求，少女繼續柔聲訴說著。

「但爹地太溫柔了喔，說著這場夢要繼續下去什麼的，這不就合我這怪物的本意了嗎？而且連媽媽都不想掙脫──」

接著說出口的話，充滿了哽咽。

「這不是──太傻了嗎？爹地和媽媽不是自私自利的人嗎？為什麼要對我這麼好？」

周遭的白光漸漸轉強，開始占滿眼前的視野。

「如果爹地回到『那個時間點』，你一定會拯救大家的吧？你會做出不一樣的選擇吧？」

「小I……」

「到時候，我這怪物的存在意義就一點都不剩了，你做出的選擇將會殺死我。」

少女的聲音依舊輕柔，抱著我的手臂卻用力收緊。

「我會死喔，跟你猜的一樣。」

內心揪緊、淚水也跟著不爭氣地滑落。所以，我不希望妳因此犧牲啊。

明明這心意已經明確傳達給小I了，她卻沒有回應我的請求。

「所以，爹地必須去接受懲罰。」溫柔又殘忍的怪物如此說道，「我要你面對這世界的殘酷，好好活下去。媽媽──肯定也是這麼期望著的，不是嗎？」

不……

這不是我想要的……

但不管我如何懇求，小船仍繼續前進著。

「謝謝你，爹地。能在最後與你和媽媽相遇——我真的很幸福。」

彷彿看見身後的少女仰望著天空，露出明亮的笑容。

「請你——將幸福還給媽媽吧。還給我的母親——**千愛**。」

她值得擁有千倍萬倍的幸福。

「畢竟A與I，組起來就是『愛』了喔。」

在我被強光吞沒的最終，耳邊只聽見小I微微顫抖的道別。

「如果能在真實世界，和你們一起看看藍天就好了……」

第七章
守護者

Miss A Would Not Foretell
Her Own Death

或許將千愛暱稱為A子，只是我一時興起對女高中生的玩弄。

然而，把夢中自己的孩子稱作小I，就是必然的結果了吧。

兩人的暱稱組合起來，即是完整的「愛」。或許這就是未來的那個我所失去的感情，一想到自己在分毫之差間就會落入那種未來，我就害怕得喘不過氣。

恍惚之中，朦朧的視野捕捉到了搖晃的布料，就像小I那件雨衣的邊緣。

「小I……」

當我恢復意識睜大雙眼時，才發現那只是布簾的角落，陽光穿透落地窗的綠色窗簾，外頭則是更加翠綠的草坪。

我離開了夢中的小木船，此刻正躺在微涼的瓷磚地板上，似乎剛從午睡中醒過來。身邊再也不見那位雨衣少女，取而代之的是過於熟悉的景色。

「……哥哥？你醒了嗎？」

還有，稚嫩而讓人懷念的童音。

不敢置信的我雙腿幾乎無力，嘗試了好幾次才爬起來，瞪大雙眼看向聲音的來源處——那臺對女童而言，實在有點太大的鋼琴。

還是可愛的童年樣貌，暫停練琴的藍華正睜著好奇的雙眼瞧著我。

「哥哥……你看起來……好難過喔……」

小藍華歪了歪頭，她似乎也「看到」了甚麼而有些難過，不過還是擠出溫柔的笑容，向我伸出小手，輕輕抹去我臉上的淚水。

「啊……」

我明白了，從顫動的靈魂深處明白了。

在看到小藍華的這一刻，我了解我回到了真正該回去的時間點，小I的努力成功了。

但也代表——我再也見不到那位少女了。

「啊……啊……」

沒用的我只能緊緊抱住眼前的妹妹。小藍華似乎嚇了一跳，她肯定不能理解，不過體貼的她還是小大人似地反抱住我，盡可能給予安慰。

「哥哥？別哭別哭了喔。」

「嗯，」我哽咽著回應，「我答應妳。」

「打勾勾，說謊的話不行喔？」

我點了點頭，勾起了小藍華的手指。這次，不會再離妳們而去了。

「不會再說謊了，不信的話——」

我抹著眼淚，微笑著擠到琴椅上，在小藍華身邊輕輕彈起了莫札特的小星星變奏曲。

經過一些時間整理思緒，我確認自己的意識回到了十八歲的袁少華身上。那年暑假我剛從高中畢業，一家四口正好到宜蘭老家度假。

所以一醒來的我，才會看到在鋼琴邊摸索的四歲小藍華。那時候的我即便面對妹妹期待的眼光，卻始終都沒有再坐上琴椅，只為了自己莫名的堅持。

高中至大學又是另一階段的人生，如果在這個時間點我能夠放下內心的矛盾，好好整理心態的話，或許就會走上不一樣的道路。

但過去的我沒有辦到，於是四年後的二十二歲，我被劉明輝綁票、繼而發生後續那些悲劇。

而A子也說過，她母親是在她六歲的時候自殺。現在的小藍華四歲，A子也差不多同齡，這就代表到A子母親自殺前，我還有近兩年的時光。

我明白小I讓我回到這個時間點的意義，不只是拯救自己，只有到這個更早的時間點，一切的扭曲才未確立。

但只要扭曲未確立，小I做為怪物的「根源」也不存在了。現在的我並不會再做同樣的選擇，我的靈魂與夢境不會再孕育怪物——這裡已無她的棲身之地。

就算她並沒有真正意義上的死去，我想我也不會再見到那個小I了吧。

我努力壓下心中的痛苦，在木已成舟的現在，我只能繼續向前邁進。而對於我那不再存在的女兒，我會背負著所有回憶走下去。

一口氣失去A子、小I、學姐，甚至是咖啡店老闆……總覺得，有些孤獨呢。

「哥哥好厲害呢～」

幸好妹妹此刻就在我身邊。帶著小藍華彈了幾首鋼琴曲後，我笑著摸了摸她的頭，便離開了客廳。

平復的內心已有了決定，我前往父親在這棟別墅的書房。

來這裡度假的時候，他常常自己待在書房中閱讀，不太喜歡別人打擾。

走廊上，還年輕的母親迎面走來，我壓住內心的起伏，笑著打一聲招呼就打算快步離去。

「少華？」

沒想到母親叫住了我。

「……不，沒什麼事。」

母親的神色似乎有些擔憂，但最後還是以溫柔的表情說道：「客廳的琴聲，是你在彈給妹妹聽？」

「我很想說藍華是音樂神童喔，不過妳也不會相信吧。」

我笑著回應，她的臉色閃過一絲詫異。

「我以為，你已經放棄鋼琴了？」

母親的語氣有些期待，可我只是老實地回應。

「不，我確實放棄琴藝的精進了，以後也不會再為了妳的夢想而彈。」

她的表情相當複雜，但我補充了一句。

「雖說如此——如果有人期待著我去彈奏，我就會表演給她們聽。我不會再將音樂視為人生的全部，但我想讓鋼琴幫助我表達，然後以此感動他人。這是我在幾年的迷失後，努力找到的解答。」

並不僅僅是「幾年」而已，我想起藍華在慈善晚會上的表演，嘴角微微勾起。

「少華……」母親的表情流露釋懷，「早上還不是這個樣子，現在的你——似乎變得穩重了一些。」

我只是笑著對她點了點頭，再度往書房的方向前進。

一打開書房的門，就看到戴著細框眼鏡的父親坐在他那張高級皮椅上看著書。

厚重的書頁與原文讓我辨識不出來，不過倒是想到了A子常常帶著的書，更加堅定了決心。

「什麼事？我可不會再借你錢了。」

一見到是我，父親就面色不善地開口，還準備趕我走。

他的威嚴依舊，但我沒有被擊退，反而有些鼻酸。現在的我重新作為「袁少華」，與父親有了血緣上的連結。

儘管他嚴苛又刁難，但還是為了我著想。

我深呼吸幾口氣，做好充分的心理準備後，開口提出了自己的要求。

「我不是來跟你要錢，我只是——打算多跟在你身邊學習、培養能力。」

本來在翻頁的手停了下來，父親不只眉頭深鎖，眼神也更加嚴厲。

「憑你那種心態？是想找理由借更多錢？」

但等到他與我四目相對後，眼神卻有些狐疑。

「少華，你好像變了。」

「老媽也這麼說，我只是睡了個午覺。」我聳聳肩笑著說。

他並沒有多做表示，表情始終帶著點困惑。

「你不是整天吵著要更多自由？也從來提不出建設性的意見，給我一個理由吧。」

我搖搖頭，將與劉松霖交換身體後，這些年來的心聲全盤說出。

「我想，那不是自由。有機會讓這社會變更美好的人，放棄了那些機會而到處玩樂，最後卻傷害到了真正愛你的人，這並不是自由。」

現在一瞇上眼，A子死在自己面前的無力感就立刻籠罩下來，雙腿都有些顫抖。

但是，我不能退縮、我必須在嚴厲的父親面前築起堅固的壁壘，以此宣示自己的決心。什麼本錢都沒有的我，至少要以態度去說服他。

「我想擁有能力，哪怕被稱作富二代也好、哪怕被老爸你看不起也好，我都要咬牙往上爬。只有自己擁有實力，才有辦法去追求我嚮往的那種自由，才有辦法去改變他人。」

這個社會，無比現實又帶著群眾壓力。

這些年來我深有體會，於是也明白了一個道理。我必須成為群眾中特別的存在，才有引領或改變這個社會的可能。

這個方法可以有很多種，儘管內心深處還是排斥著成為父親的接班人，但跟父親一起學習會是最快的方法，也才能累積救出A子的資源。

要得到打開鳥籠的那支鑰匙，並非沒有任何代價。

父親嘆了口氣。

「經營企業可沒這麼簡單，我確實曾經期望你能成為我的接班人，但這不代表你有能力承擔。未來會很辛苦，你也必須努力滿足我的要求。」

我故意笑著說：「不，我想我還是不會成為老爸想要的那個兒子喔。」

他冷冷地瞪著我。

「你還是太天真了。」

對於父親的批評，我只是皮皮地笑著。

「我曾經認識一位天真的女孩，就是因為她的天真與溫柔，我才會醒悟吧。有時候就是以單純與無私為出發點，才有機會獲得更多好處與尊重不是嗎？」

他並沒有應聲，似乎多少承認了我的天真想法。果然，父親也並非徹底無情的商人。

「有機會的話，我想看看你的女朋友。」

「不，不是女朋友喔。」

我想，我跟她們是比家人更緊密的關係。

「對了，老爸。」初步說服父親後，我接著說，「雖然才跟你下跪求饒，不過我現在還有一個小小的請求，對你來說應該不難。」

其實有些難度，但父親因為我前面的覺悟宣言，現在看起來心情還不錯。

「說來聽聽吧。」姑且是讓我發言了。

意外的是，父親竟然認同我提出的請求。

我表面的請求是成立一個基金會，幫助失學少年和社會弱勢。

我以為未來的父親是因為失去兒子才想建立基金會來彌補，沒想到他在這個時候就有打算了，希望不只是為了避稅而已。

雖然我才剛高中畢業，不過也能藉這個機會，從簡單的職務開始學習管理技能，同時還要繼續大學課業，未來預期將會非常忙碌。

但更重要的是——這個基金會能為劉家帶來嶄新的未來。

數個月後，在基金會加班處理完事情的我，找了也剛做完手邊工作的劉明輝一起去吃晚餐。

這一年劉明輝還沒被資遣，他是在撕票案件的前一年才因公司整頓被逼退，最後才幹了傻事。

我搶在父親動作之前，把他從司機調來這裡的基金會，協助我做一些基本的文書處理。

「劉大哥，最近做得還習慣吧？」

在點完三人份的牛肉麵後，我禮貌性地問候。

雖然以前只負責開車的他對文書工作有點排斥，而且也嚷嚷著自己上了年紀不適合什麼的，不過在觀察一兩個月後，他其實表現得不錯，負責任的態度也獲得同事認同。

「哈哈，還是看得眼睛很痠呀。」

如果不是親身經歷過，實在很難想像面前穿著得體襯衫、看起來就是個老好人的中年男子，會成為那起綁架案的凶嫌。

只不過，我內心也一直有個未解之謎。我老爸固然是個性非常嚴苛的人，但我也不認為他會輕易讓老部下丟了工作，這中間是發生了什麼事呢？

「不過比起要到處跑的司機，應該還是在辦公室工作輕鬆多了。」我笑著說。

「畢竟你爸是非常嚴謹的上司呀！如果要跟客戶見面的話，他可是連半分鐘遲到都不允許，我還得把路上塞車的時間考慮進去。」

不管怎麼說，總覺得有點過分耶。但聽下來，劉大哥似乎也習慣我老爸的做事方式了，而且聽起來也沒有發生過什麼大問題。

經過這幾個月的相處，我跟親切的劉大哥也是能互相閒聊開玩笑的同事關係了，我藉著這個機會順便探詢一下他的想法。

「我是沒有調動的權利啦，不過我還是想問問劉大哥，你還會想回去當我爸的司機嗎？」

他只是看著麵店門的方向，最後搖了搖頭。

「不會，我很感謝老總的好意。」

劉明輝沒有轉頭，注視著店門口繼續說道。

「雖然我也猜過，應該是你協助我換崗位的吧。」

「哪可能呢～」

在綁架案前我和劉明輝一點都不熟，沒有幫助他的任何理由。

但大叔只是微微勾起嘴角。

「不，就是你幫我調職的吧？你爸有告訴我。」

「唉……」

我愣了一下，老爸真是多嘴呀。劉明輝似乎隱瞞了很久才決定說出口。

「實在很謝謝你的好意，少華。」

接著，大概是因為道謝後而舒心不少，他講了一些內心話。

「雖然我只是個司機，你爸的要求卻不低，後來大家熟了，就算我有所犯錯，你爸也不會多說什麼。

「但這個職位本就可有也可無，我心知肚明這幾年公司的經營方針在改變，我現在的工作隨時會丟掉，你父親一直幫我擋著人事的壓力。

「到我這個年齡要換工作不容易，我這幾年身體狀況也不好。

「原本想著遲早這幾年會自請離職吧，你就幫我調到基金會這裡了。

「比起大企業的緊湊步驟，基金會的工作舒適多了，而且這邊的同事也都很照顧彼此，我跟那些失學的小孩也相處得很不錯，總讓我想到兒子哈哈。」

……一瞬間，我想明白了。

新聞從未報導過，其實並不是父親那時沒有幫劉大哥換工作，但或許是出於自尊，也擔憂著嚴格的父親被迫幫他找比較繁重的職務，劉明輝最後選擇離去。

可回到社會中的他，中年以後不管是再就業還是轉換跑道都不順利，加上還有家庭要負擔……

一連串的不順心，導致最後偏差的結局。即便以結果來說是錯誤的，但……

「哈哈，你還年輕，可不要像我老了不中用。」

對於劉大哥的玩笑，我只是鄭重地搖頭。

「不——我很感謝你。」或者說你們父子。

就算本末倒置也好，倘若沒有那段過去，我不會邂逅A子，也不會有後來的回憶。

很多是說不出來的沉重與痛苦，但也有著許多說不出的溫暖幸福。只要想起那段日子，懷念的同時也有些鼻酸。

「我應該沒有做什麼值得你感謝的事情啦，但如果可以的話——我希望你可以多跟松霖聊聊，成為他的榜樣。」

劉明輝笑著說道，抬手招呼剛好踏進店門的少年。

我們在等的人——剛下課就搭公車過來的劉松霖走了過來，還背著小學的書包。

年齡約十歲的男童一坐下，就對我露出靦腆的微笑，我微笑回應。

就是這樣純粹的笑容，被交換靈魂後的我強迫遺忘，成為小I偽裝的外皮。

現在我珍惜著每一次有幸看見的機會。

吃著牛肉麵，我談起了晚餐後的安排。

「今天時間還夠，等等我去你家玩一下吧。」

所謂玩一下，其實就是陪他彈鋼琴。雖然我的實力普普，不過稍微教教小學生還是沒問題的。

「可以嗎？」

劉松霖的目光投向他的父親，大概是怕占用到我的時間吧。

真是體貼的好孩子，我只好再次強調：「沒關係喔！我說要去就是要去！不過我只會亂彈，你有問題還是要問老師。」

他們家的經濟狀況說不上好，所以讓松霖持續學鋼琴負擔不小。

但松霖本身的天分不輸小藍華，我覺得這值得他父親用心栽培，甚至我都考慮拿基金會的款項幫助他了。

劉明輝拍了拍自己的兒子，笑著回應：「當然可以呀！只要能超越你的啟蒙對象——也就是少華哥哥，就是對他最大的報答了喔？」

「嗯～」

小天使劉松霖看起來開心極了。我曾以為國小男生都會像我那樣只做白目的事，像他這種可愛的個性真是特例呀。

也就這種個性，才會願意犧牲自己跟我交換靈魂吧。

說到交換靈魂，我想起前陣子跟劉松霖的交談。我私下跟他確認過，知道他確實還有交換靈魂的異能。

劉松霖還很訝異我怎麼會知道，我隨便呼嚨一下就說服他了。這下除了鋼琴啟蒙者的身分，小松霖簡直快把我當神了。

小孩子當然不可能知道自己有異能的原因，不過從跟他相處的過程中，我隱約猜到了。

或許——是嚮往著能成為憧憬的對象吧。

那樣強烈的心意並非完全正面的情感，其中也夾雜著對家庭與社會現實的失落，加上劉松霖是特別早熟敏感的孩子。

記得另一個時空的藍華說過，松霖小時候就看過我的彈奏影片，似乎因此將我當作憧憬的投射對象。

我不認為自己值得被人這樣仰望，所謂的天才神童只是外人強加的稱呼，不是我真正的實力。

但當時小松霖只是坐在他家那臺二手鋼琴的琴椅上，對我認真說道。

「少華哥的彈奏真的很厲害，我從來沒聽過這麼動人的鋼琴……我不知道少華哥為什麼放棄彈鋼琴，我好想成為像你一樣的人，有很棒的鋼琴天賦、有很好的家庭……」

不知道該說什麼的我，有些無法直視那率直的目光。

「不過——我不會和你交換靈魂喔。」話鋒一轉，男童露出燦爛的笑容。「我想再聽你彈琴，所以我不會和你交換靈魂。」

當然，從現在的劉松霖身上，已經再也不可能問到那時（過去／未來／另一個時空）的他選擇交換靈魂的原因，卻讓我理解到少年來不及說出的想法。

你跟我靈魂交換的原因竟然如此純粹，或許是想著可以說服你父親、或許只是想再聽到我的鋼琴聲……

都是一些明明沒有承諾，卻孩子氣地相信的可能性。

所以，「那時的你」選擇了挺身承擔風險，最終讓我獨自活下去。

我只是一言不發，鼻頭有些酸澀。

當下的我只能抱住男童，忍不住落下眼淚。

「少華哥？」他被我的舉動嚇到了，愣愣地發問。

「謝謝你……」但我只是哽咽著對他道謝。

對我來說，你就是我的小小英雄。而如今，我也想成為別人的守護者。

開始參與集團的運作後，我已有機會去調動部分大筆的款項與金流，在瞞著老爸的前提下進行某些計畫。

但隨著起初時光穿越的激情退去後，剩下的是獨自面對冷酷的現實，以及能不能完成那個目標的自我懷疑。

「期限」的壓力讓我戰戰兢兢度日，每日幾乎要用上二十四小時的時間去整理資料與安排事項，還要兼顧平常的課業與學習經營企業。

我必須用盡全力去達成每一個目標，在法律邊緣游走的刺激也讓身體與精神極度緊繃。

這確實與過去想要自由的我不同，雖然我很久沒有做夢了，也有明確的目標，不過在持續高壓力的生活下，如果最終又沒能拯救A子……

毫無疑問，內心會徹底崩潰吧。

即便有著小藍華和小松霖的支持，身體與肉體的疲憊卻欺騙不了人。這天半夜，我在租屋處的沙發上醒來，揉了揉太陽穴。

不知不覺在研究對策時睡著了。

拯救小A子的行動極度損耗精神，也不是我擅長的領域，每天要與不同人周旋，還必須裝出與他們同等的態度，雖說我自認還算油嘴滑舌，也還是累得不輕。

「然而，完全無法說服關鍵的人物啊……」

依舊躺著的我喃喃自語，翻身注視不遠處那布滿重要人事物資料與連結的大白板。

在這個時間點，李騫只是地方勢力，雖說還沒擁有實質的政治權力，卻也在臺北橫行一段時間了。

暗中調動公司的資源，我從他外圍的人物開始偷偷挖腳，一步步侵占他的勢力。

一開始還算成功，但沒過多久就遇到了瓶頸。

雖說人類是會向利益靠攏的生物，卻還是有人不為所動——我凝視白板中心，在李騫照片旁的另一位人物。

那是一張熟悉的面孔，我在另一個時空熟識的咖啡店老闆。

作為李騫最重要的合作對象與共同奮鬥至今的摯友，兩人的勢力是一同建立的，如果我能唆使他背叛的話，就能獲得這場戰爭的勝利。

但多年的交情哪是我這外人能介入的？我想起上次與他祕密約在不知名小咖啡店見面的情景。

「這間店使用的咖啡豆和研磨手法，你應該會喜歡……」我試著找他會有興趣的話題。

「我不會背叛李騫。」在桌子對面，還年輕的他雙手交疊，淡然地回應，「你做過調查，肯定知道我跟他交情匪淺。我不知道你介入地方勢力運作的原意，袁少華——你不該淌這趟渾水。」

他的聲音冷淡，眼神卻很誠懇。

「輕則坐牢重則橫死街頭，我希望你好好想想，做生意有很多方式。」

雖然我繼續微笑，他卻不給我解釋的空間。

「李騫已經注意到你在動手腳了，你那拙劣的手段終究只是小孩子把戲。」

即便自己就是身處污濁的人，他卻以嚴厲但本質溫柔的方式，開導我這不成熟的大人。

最終，我只能搖晃咖啡杯裡的湯匙。

「我是小孩子嗎……」

當下，我很想將未來的一切告訴他，將內心背負幾個月的苦楚與壓力分享出去。

當然，最後什麼都沒說出口。

「就是這倔強會害死人吧。」

對自己下了評價，我把回憶揮開，拿起飛鏢精確地丟在李騫的頭上，只能藉由這種無奈的方式發洩怒氣。

上了趟廁所並沖把臉，我決定去麥當勞買個消夜。週末三餐沒吃好還是很耗體力的。

買好了漢堡後，我坐在一樓窗邊的位置開動，注視著昏暗的街角，內心不免感嘆。

最初與A子交談的那天，也是在這樣朦朧不明的夜晚呢。

「想活下去啊……」

在那個時候，妳已經看到了我會做出這個決定，所以表情才能如此淡然嗎？妳是否——也看到了我會失敗還是成功？

最近這些日子，我的精神幾乎要被內心的掙扎扯裂，如果是妳處在這個時刻，一定會訕笑我的沒用吧。

不可能向她問出答案了，只有意識穿越過來的我僅能靠著過往的回憶支撐自己。

在宜蘭老家彈奏蕭邦夜曲時，靠在鋼琴邊的她……

接著，我對眼前景象的變化睜大眼睛。

方才還昏暗的街角路燈下，不知何時站著一位女童，並緊緊抱住手裡的書。

我知道那本書，是一本小小的繪本，封面畫著漂亮的白色燈塔。半夜溜出來還帶著就代表女童對那繪本的重視，畢竟是母親送的生日禮物。

加上那張稚嫩卻熟悉的臉，她就是還沒長大的小A子。

看著在街角瑟縮，表情卻相當冷淡的女童——總覺得雖然年紀很小，對方給我的感覺卻很熟悉。

我最終還是忍不住走出了速食店。

已經留著一頭烏黑長髮的小A子穿著白襯衫及黑裙，乍看之下還以為是縮小版的高中制服。

只是，五歲的小孩為什麼會在這個時間獨自離家？

「小妹妹，半夜在這裡逗留可不好喔。」我蹲下身平視對方，努力擺出親切無害的態度。

閃爍的路燈下，小A子對我投以冷淡的目光，雖然像在排斥我，卻讓我感到無比懷念。

我放下對過往的糾結，想要攏絡小孩子，就只能說謊了。

「我帶妳去找媽媽好不好？總是待在這裡也不好，妳有媽媽的聯絡方式嗎？」

可不管我怎麼哄，直直盯著我的女童始終一言不發、動也不動。

就像我熟悉的那位A子，總是等著我做出行動，即便我當下多麼痛苦、多麼徬徨猶豫，她也不會出手干預我的選擇。

至始至終，她對我都抱持著無言的信任。

「我相信你。」毫無預兆地，女童突然開口了，「所以——你也必須相信別人。」

小A子僅僅說了這兩句，一如既往的寡言。

省話、卻是徹頭徹尾的行動派，總是以自己的方式鼓勵著我。

漸強的白光籠罩我們，以手臂遮擋眼睛的我向光源望去——旋轉的光源，似乎是一座豎立的燈塔。

白光散盡後，我發現自己仍坐在麥當勞的窗邊位置，一切都沒有變化。

那只是——一場夢嗎？

穿越時空後，我已很久沒有做夢了。

我有些失落地低下頭，想盡快把垃圾收一收離開。

「啊……」

但是，我的周邊確實有什麼改變了。

視線聚焦在桌角，不知何時——那本燈塔的繪本正靜靜躺在桌邊，好像它本來就在此處。

激動不已的我只是用力抓起繪本，撫摸著上頭的封面。

終於理解了她的用意。

又是數個月的奮鬥，就在那一晚，我開始進行最終的計畫。

我扯下白板上的李騫照片扔進垃圾桶，做好出門準備的我看了看桌邊的紙盒，最終還是帶上了它。

A子不會預言自己死亡

我開車離開租屋處，一路到遠離臺北市中心的郊外，在某一棟廢棄工廠附近停好車。

故意穿著西裝的我坐在門口的廢棄鐵桶上，尚未打開的紙盒放在旁邊。

我並沒有十足把握今晚的行動會成功，但如果再拖晚一點，恐怕會來不及救出A子，因此只能今晚發難了。

「雖然我不相信這世界有神。」

嘆了口氣，聽到其他車聲的我只能收起心緒，和善地看著匆匆來遲的他們。

一大群人馬聚集在廢棄工廠，雖然我文質彬彬，但對頭的可是充滿殺氣，而且不少人手裡還各拿著不同的「傢伙」。

果不其然，李騫帶了一大隊流氓到現場，而他本人則是穿著體面的襯衫與長褲，保持紳士的儀容。

我跟李騫約在市郊的廢棄工廠談判，想將這一年左右的恩怨——不，對他來說我只是莫名其妙惹事的白目吧。

但對我來說，我則想將無數輪迴累積的仇恨，在此畫上句點。

「袁少華，你只有一個人？你以為這是正常的交易談判？」

對於同樣在笑的李騫，我也只是回以微笑，掩蓋內心的不安，神色泰然地說道。

「今晚就是來跟你談一筆生意，我一個人來就夠了。」

我無視周遭殺氣騰騰的黑道青年們，而李騫只是木然回應。

「談什麼生意——你在奪走我、當地建商與那些夜市攤商的管理權時，可不像現在態度和善呀？」

不僅是他一人，周遭的流氓們也散發出壓迫感。

是敵？是友？我只能笑著裝傻。

「我不覺得我的態度有什麼問題喔？而且在我經營下會賺更多錢，我未來可是白氏企業的接班人，有這自信照顧好大家。」

我仍然不畏懼眼前情勢而挑釁，就算最後提出要共享利益，只想著要自己往上爬的李騫肯定也不會聽進去吧。

李騫看上去也不害怕，代表他也是做好準備才前來的，而且不僅是帶這些壯膽叫囂的流氓們。

「我可知道——你是私下動用你們集團的金流，才能在短時間霸占我的資產。」

他帶著我最致命的弱點前來，就算我對外嘗試去隱瞞或圓謊、假裝是我個人的投資，但款項大到很難不讓人起疑吧，紈褲子弟哪來這麼多錢收買其他人。

我雖然仍笑著，但冷汗已經從背後竄出。

李騫見我氣勢也有些弱掉，更進一步點出我恐懼的本質。

「你的舉動不乏違法行為，你我都是一丘之貉，若導致警察介入可就要吃牢飯了。」

仗著人數優勢他也不急，只是慢悠悠走到我旁邊，拋出親切的問句。

「而這真的是你想做的生意？我不懂你賺這種錢的用意，你未來是家族企業的繼承人，何必搶我們這些小人物的工作。」

是啊，為什麼我要跳入汙泥中呢。

做了一堆壞事的人卻想說教，覺得諷刺的我只是嘴角微微勾起，因此讓李騫微微變了臉。

「我這裡保留了你買通事務辦理人的證據，你消滅痕跡的手段並不好，如果公布到媒體你就完了。」他開口又是一句威脅。

理所當然，被期限壓著而鋌而走險的我，不可能將每件骯髒事都做到最好。

但對於他的威脅，我只是笑著無懼說道。

「人生明明是不停在擲骰子，你卻不希望點數是一。

「如果有管道讓點數變成六，你一定會將它牢牢握在手中，就算——那會犧牲身邊的人也無所謂。」

現在的李騫還不會完全明白我的意思吧，這個時間點他就算得知小A子有預言能力，也不會投以完全的信任。

他聽了聽也不發怒，只是笑著問道。

「袁少華，你不也在擲骰子？」

我壓下內心的不安，只是開玩笑道。

「與其說是擲骰子，不如說在玩俄羅斯輪盤。」我不動聲色，只是做出手槍的手勢笑著對準他。「但這把手槍瞄準了你。」

再次受到挑釁，自認勝券在握的李騫只是慢慢問道。

「跟黑道勾結的生意值得賭上你的一生？我倒想聽聽你的理由。」

確實，如果我跟李騫的危險遊戲賭輸了，我這次的人生將一無所有。

而且，這一輩子將會過得比時空穿越前要悲慘。

我的父母將不諒解我、松霖和小藍華也會離我遠去，恐怕有大半輩子要吃牢飯吧，最終將迎接淒涼死亡的孤獨。

最重要的是——那位少女又會死了吧。

但我拋下內心深處的恐懼，無視這群不解風情的人而看向上頭的天空。

無雲的夜幕中繁星閃耀、明月清晰。

跟現場一觸即發的緊張氣氛不同，此刻好多回憶閃過腦海，從與A子最初的相遇開始。

從那時候，我就被坐在咖啡店窗邊的她迷住了，我想起那帶來光芒的燈塔、還有最後在背後對我告白的小I。

為了成為我的救贖的她們，我所做的這一切——

「值得。」

就能夠毫不猶豫的，將內心的想法坦承出口吧。

他們，當然不能理解我背後的故事，我如何走到現在這個地步。

而不會明白的李騫，也只是警告似地給出最後的宣告。

「聽我一勸抽身，我可以為你留個人情。」

雖然他苦口婆心地勸說著，但低頭的我只是把玩著紙盒。

「如果我不聽從呢？」

一直維持著紳士態度的李騫，最終還是變臉了。

「我只能先給你一點苦頭了，富二代就是這樣天真，以為自己能呼風喚雨。」

我確實——曾以為過去的自己能做出一番成就呀。

李騫嘆了口氣，示意要他身邊那些帶著木棍的黑道小弟給我一頓痛揍。

已對命運做好準備的我閉上眼，默默倒數數秒。

心跳加速、周遭也因壓力彷彿起了耳鳴。

僅闔眼片刻便睜開，那些拿著武器的黑道小弟便開始了行動——卻默默走向李騫。

看來，俄羅斯輪盤轉到了子彈。

「你們在搞啥？」

對於意外變故而慌張的李騫，只見站在前頭拿球棒的小弟怒嗆。

「幹！搞清楚狀況啦！林北的老大不是你！」

在帶頭的小弟嗆了句後，那群人圍上他。

讓那些流氓將他揍得鼻青臉腫後，我下令他們停手，在倒地抽搐的李騫面前蹲下並露出笑容。

李騫表情還有些不可置信，卻已心裡有底而問道：「他背叛了我？原來你私下的合作對象是……」

這個時間點的李騫無論怎麼打算盤，也不會料到自己的摯友會離他而去吧。

本來，在邀出李騫前我也無法肯定咖啡店老闆是否會徹底背叛，因為這次行動就是他們分道揚鑣的關鍵點。

今晚我也僅是站在懸崖邊緣，看著命運女神會不會眷顧我拉我一把罷了。

沒有預言的能力——果然有些不方便呢。

人心難以估量，經歷一切的我能深刻明白這個道理。

「當然，否則還只是大學生的我，怎麼可能有辦法做到這地步呢？」

我微笑著說道，看李騫的目光就像在看垃圾。

但內心深處卻沒有半點成就感，反而莫名空虛。

「我只是比你，更坦承面對周邊的人而已。只是想著努力活下去，努力去拯救她。」

雖然如此，我們都僅是命運的奴隸呀。

饒道。

「嘖……」

本來還心有不甘的李騫，直到我拿出紙盒裡的物品就變了臉色，只能苦苦求饒道。

「為什麼要殺了我？有這必要？」

我從紙盒裡拿出的，是一把改造手槍。

當然不僅如此呀。

我想起那無數輪迴中跨不過的障礙，就算我在那輪迴中發洩殺了李騫，我也拯救不了A子。

「有這必要。」我冷酷地回應他。

如果要斷絕千愛痛苦的源頭，我必須親手解決李騫。

即便這會讓鮮血沾滿雙手，我又會再度墜入無邊的地獄中。

到頭來，我仍是想要犧牲自己。

所以，我並不奢求小I的原諒。

「再見了。」

這樣想著而被仇恨圍繞的我，默默將手槍上膛，並對準了李騫的眉頭。

但在要扣下扳機前——我的腦海裡閃過了很多事物，過往曾如此珍惜的回憶令我的雙手顫抖不已。

無法行動。

最終，畫面卻定格在不存在的那一幕。

如果能在真實世界，和你們一起看看藍天就好了。

我沒能看到的，背後的小I所露出的笑靨。

她和自己的母親——肯定都不希望我再也見不到藍天吧。

全身都是汗的我大口呼了口氣，放下手槍並關保險退彈夾。

擦去額頭的汗水，差一點我又要做錯事情，我的人生只會不停犯錯嗎？

雖說如此，我還是目光嚴厲地瞪著李騫。

「現在，可以聽聽我的一個條件了吧？」

聽聽你所瞧不起的，我們這些敗者的話。

「結果你忙了半天，真的只是想拯救那對母女……」

完事幾天之後的下午，我跟咖啡店老闆約在同一家巷弄的小咖啡店見面。

聽我交代完那夜的經過後，看起來還很年輕的咖啡店老闆不可置信地這麼說。

但我只是滿意地點點頭，啜了一口後回應。

「嗯——雖然上次我推薦這咖啡，但還是沒有老闆你未來泡的好喝。」

他愣了愣，只是苦笑道：「我空閒時會研磨咖啡來泡，不過這話還是讓我難以想像呀。」

沒有任何籌碼的我，在遇到似夢非夢的小A子後——

我將經歷過的未來告訴給了咖啡店老闆，說服他幫助我。

把自己所知的，特別有關他的資訊都一一告知，這讓老闆臉色更加訝然了。

不只是A子，我還坦白告訴他李騫未來會為自己的利益，甚至不惜幹掉他的老婆以讓他噤聲後，咖啡店老闆就答應了我的合作建議。

表面上是這樣子。

實際上仍是一場豪賭，因為我始終不相信人性，也懷疑咖啡店老闆在拿完好處後，會不會在最後坐享其成、漁翁得利。

可不相信人性的我，遇到了相信我的A子。

這個賭局也得到回饋，我將自己的命運選擇權交給了咖啡店老闆，幸好得到了理所當然的補償。

我攪動著咖啡，感慨地說道。

「這些經營權全部還給你了，我只希望你能幫我觀察一下李騫，看他是否有實現諾言。」

我僅有的條件，就是要他立刻遠離千愛的母親，放給她們自由。

「當然，但這種錢賺得也心虛，我想我也會提早退休吧。」

咖啡店老闆爽快允諾了，果然本質上還是老好人一個，一想到到過去他對我們的幫助還是很感謝。

「如果可以的話，之後再麻煩你多照顧千愛與她的母親了，我只有這點請求。」

今天只為確認這件事才聯絡了咖啡店老闆，之後——我不會再干預她們母子的未來。

凝視著發出白霧的咖啡液面，我早已下定決心。

我不能挾持著過往的情感再去改變她們人生，這會成為我所討厭的那種人，也與我對自由的渴望違背。

千愛她長大之後，必須以自己喜歡的方式選擇人生道路了。

對不起，小I。

可我也不免認為，或許妳也早就猜到了，我會做這個決定。

「我不知道未來的你跟千愛有過什麼——但你很重視她，不惜一切也要保護她。」

我笑了笑，坦率地回應了老闆。

「你還曾鼓勵過我，要給予那女孩幸福。」

老闆只是有些困擾地說：「我是不反對老少配啦，但你們的年齡落差很大呀，想像不到你們認識的原因。」

哈哈，現在的我自然跟A子年齡差距更大了。

我沒有告訴咖啡店老闆太多細節，不過——

「總會有個舞臺讓我們相識呀，是你開咖啡店給我們相遇機會的喔。」

老闆露出的微笑果然夠帥氣，但他突然嚴肅地問道。

「袁少華，你知道我為什麼相信你嗎？」

我沒想到他會提出這問題，有些發愣地回問。

「不是我說未來李鶱會不擇手段排除你的老婆，你才決定跟他分道揚鑣？」

但他搖了搖頭。

「不，這理由對我來說不夠充分，或者說還無法想像。」老闆只是搖搖頭，「反而，是你描述我的願望是開咖啡店一事。」

看著我吃驚的表情，老闆輕笑了一聲。

「僅僅開咖啡店也無法說服我，但你提到了最重要的關鍵——我希望這間咖啡店能收容很多社會角落的孩子，因為我也是一路辛苦上來的。」攪動著咖啡，他的語氣感慨，「你的描述讓我意識到李鶱的偏差，如果不在這時候讓他嘗點苦頭，他只會更加錯下去吧。」

啊。

我的眼眶，不免有些溼潤。

原來像A子那樣相信人，收到回報的感覺是如此感動。

為了掩飾這點，我也假裝看著身後咖啡店寧靜舒服的環境，自然地露出了微笑。

「你是我遇過——最值得尊敬的大人。」

這是我發自內心的真實想法。

「哈，我可同樣毀了很多人的人生呀。」

身為黑道的老闆只是無奈地笑了笑，啜飲一口咖啡。

「我也倦怠了，也許過幾年也會跟老婆一起離開臺北吧。所以——」

老闆真摯的目光，投向了我。

「你對那塊地的經營，有沒有興趣？」

最後，我從咖啡店老闆手上買回了曾經熟悉的那塊土地。

在大學畢業後，開始正式於老爸公司工作的我還是將土地建好，再次建成一間咖啡店。

裝潢——跟我記憶中並沒有差多少，或許這是我懦弱的表現吧，無法徹底捨棄那段記憶。

雖然我因為本業忙碌較少造訪咖啡店，但我還是咖啡店名義上的老闆，也一直遵守著「前」咖啡店老闆曾有的精神，幫助一些處在社會角落的孩子們。

這也是緣分的巧妙之處了，沒想到長大後的劉松霖和學姐會到咖啡店工作，雖然之前我確實偷偷幫了學姐一把，在雪夢出事前就出力阻止——現在好像要改叫成學妹了？

忙碌但還算平靜的生活持續著，有空來到咖啡店的時候，我會坐在那個熟悉的窗邊位置，看著窗外寧靜的街景。

不免會好奇起，那對母女後來的下落。

據說在離開李騫後，A子媽媽帶著A子遠離臺北，回到了外婆所在的故鄉居住。

「前」咖啡店老闆還有在跟那對母女聯繫，聽起來兩人過得還不錯，雖然比較貧窮，但現在的生活很踏實。

這樣，就夠了。

時光繼續流逝。

對於「那天」的到來，我還是有些緊張。直到經過A子十八歲後的平安夜，我從咖啡店老闆那邊得知她仍沒什麼異況後，我才真正如釋重負。

聽說A子畢業後離開了家鄉的高中，也來到臺北讀大學，不過——這也不關我的事情了，我只希望她能過自己的人生。

那是在某一天下午，有著舒服陽光與慵懶氣氛的下午。

今日我難得在公司沒有事務，下午就來咖啡店閒晃。

我在吧檯無聊地沖泡咖啡，一起前來的藍華則與松霖在玩四手聯彈，因為暑假兩人都很有時間，而且由於同樣學習音樂的背景，彼此的關係似乎還不錯。

「老闆——你妹妹跟松霖，不覺得很有戲嗎？」

始終都很有料的祐希學姐則在一旁對我說道，幸好我保留了咖啡色系的制服裙，才能大飽眼福。

瞥了在練習鋼琴的他們一眼，我笑著說道：「我不反對呀，不過松霖外表是韓系帥哥吧？不也很對妳的味？」

我拿過往知道的情報調侃她，而祐希只是大力反擊。

「我才沒興趣咧，而且我對——」

學姐越說越臉紅，本來還在扭捏的她連門口響起風鈴聲都沒注意到。

「快去吧，不然就要扣妳薪水喔？還是妳要穿之前雪夢直播的某件 COS 服一個下午呢？」

對於我色瞇瞇的大叔笑容，學姐只是大罵一句。

「去死啦！」

就氣噗噗往門口走去，準備應付下一位客人了。

還是這樣脾氣暴躁呢，但笑著的我一見到來者的面貌，卻忍不住瞪大眼睛，往事好多畫面再次湧現在腦海裡。

「命運，果然作弄著人。」

一時之間，我動彈不得，只是喃喃自語著。

接過了祐希學姐收來的訂單，我慢慢泡好一杯咖啡並妝點好起司蛋糕，雖說

A子不會預言自己死亡

年齡也奔三了，加劇的心跳與顫抖的雙手卻騙不了自己。

我該用什麼情緒——去面對重逢的她？

端著餐盤，我想起過去擔任服務生的那段時光，一邊笑著來到熟悉的窗邊位置。

「妳點的咖啡和蛋糕。」

好像，也曾說過這麼一句話。

彷彿看見過去那位年輕的「劉松霖」對客人訕笑著，卻如上浮的泡沫在轉瞬間不見蹤影，只有面前的少女是此刻的真實。

午後的陽光剛好照亮了桌上的書本，那頭秀髮依舊烏黑，白洋裝似乎卻宣示著與過去的她訣別，不再迎接黑夜。

少女並沒有將目光從書上移開，同樣是那本燈塔繪本，或許她自己又買了一本吧。

我已習慣了對方的冷淡，但她——千愛所呈現出的氛圍，終究與過去我所認識的那位A子並不相同。

她不再那麼神祕、她不再散發著常人難以接近的拒絕感，她失去了作為預言者的能力，那是我直覺能感受到的真相。

我已經能夠確信，少女不再受困於燈塔，走出了命運的死胡同。

現在的她或許過得不這麼富足，但那是已經對得起「千愛」這個名字，是能夠讓人感受到對未來充滿憧憬、獲得許多愛的青春少女。

過去無數的A子死了，才獲得今日重生的千愛。

因此我顫抖不已，用盡全力才忍住熱淚盈眶的衝動。

畢竟，那正是我期盼的。

多年來我忐忑不安，無法輕易入睡的那些夜晚——只為見到少女健健康康活下去。

但正因為是我渴求的。

所以，我不會再干預她的人生。

我佯裝平靜，感謝著命運巧妙的安排，只要看到千愛的生活過得平靜，這就是我最大的救贖。

於是，做好所有心理準備的我僅對還在翻書的女客人露出一抹微笑，便準備轉頭離去。

每一步都如此躊躇——卻也帶著決心。

「……我看到了。」

……？

少女的聲音卻喚住了我。我睜大了眼睛，一瞬間懷疑自己聽錯了。

只聽見耳邊的聲音不再冷淡，她到底看到了什麼呢？

這次，又會是殘酷的死亡預言嗎？

呼吸更加急促、身體也變得緊繃，但不同於我的想像……

少女開始描述起那有些遙遠的故事。

「那是一位曾住在燈塔中，無處可去的少女。

「她與同樣被作弄的男子相遇，一起對抗這個世界……」

即便對我來說已是多年前的回憶，腦海裡仍不禁浮現出無數畫面。

從最初的咖啡店、純白別墅的時光、須臾的壟丁夢等……還有後來無數次重複的平安夜。

一切的一切，儘管有著太多的痛苦……

如今想來，卻是在苦澀中仍帶著點甜蜜，只因為她曾陪伴在我身邊。

「在他們的努力下，少女最終離開了燈塔，卻遺忘付出一切的他。」

是啊，我明明也不希望再見到千愛，為何仍出現在我身邊呢？

自問著的我，反而不敢轉身去窺探少女的表情，只能任由她繼續闡述下去。

「離開燈塔的少女並非過得自由無比，她知道自己忘了什麼，看似平凡的人生中總是缺了一塊重要的拼圖。

「直到——她在夢中找到了那本純白封面的日記。」

我的內心騷動不已，但在對小I下落的想像之外，情緒也跟著越來越激動。

一如既往那樣刺激挑逗著別人呀……

「少女知曉了一切，但她仍持續等待著，等待自己的命運之日度過，做著回到此處的準備。」

彷彿也看見千愛如何度過這些年，不管是在教室的窗邊凝視著外頭沉思，或是在夜深人靜的書桌前趴著而睡不著。

四季遞轉，從百花盛開的春日到萬籟俱寂的冬夜。

不只是我懷念著過往，不知從何找回一切記憶的千愛她——也在思念著我。

「直到——」

當我終於忍不住轉身，卻只見到少女——千愛露出了燦爛的笑容。

不再是為獲得我幫助而表演出的情緒，這次並沒有任何欺瞞，連最初作為玩笑而取的暱稱也不需要了。

少女的兩行淚從臉頰滑落，浮現在臉上的只有喜悅的情緒。

美得讓人心疼，那就是我曾期望的未來。

不存在任何預言，不需要於夢裡徬徨。

能夠度過那一夜，一起抬頭望著藍天的未來。

「她能夠回來的這天。」

一邊說道，少女衝上前緊抱住我。

感受著彼此的體溫，我微笑著撫摸她的髮絲。

這次，不會再放開雙手了。

無垠的晴天下，在連綿的白沙灘海岸線邊，一波又一波的海浪輕打上岸邊。一艘獨木小船擱淺在離岸邊不遠處，搭乘著它跨越無數奇蹟的人已不再此處，僅存留在船上的一本純白手帳。

風微微吹起，帶出了手帳的第一頁。

在「謝謝」下方，以不同的筆跡多出了幾行字。

親愛的媽媽：

我不會讓妳遺忘爹地的努力，我會將爹地至今的旅程全部告訴給妳。

現在的妳可以拒絕相信這一切，或者當作沒看到這本日記而離開，只是……

這次，我希望妳能將幸福的預言帶給爹地。

愛妳的小I

妳靈魂的半身

番外
觀景臺外的世界

Miss A Would Not Foretell
Her Own Death

A子不會預言自己死亡

在出生的時候，我就知道自己不是人類了。

據說曾經有紀錄人類的幼兒由於遭遇變故，可能被迫脫離了文明，在叢林中被野獸撫養長大，因此具備野性而難以回歸社會。

我想爹地最初在創造我的時候，就像那被遺留在叢林中的孩子，試圖將有關人類的一切灌注於我。

他用了無比的耐心與愛教育我，告訴我人類的孩子該如何天真無邪，給予我無憂無慮而溫柔的成長環境。

或者說，身為「唯一」的我本來就不用跟其他人類競爭，我擁有著這個世界的全部。

儘管這之中還有太多隱瞞的部分，我很早就意識到了，特別是爹地為我塑造的記憶。

那些並非真實，我不曾在普通的小家庭成長，年幼的我也沒有真正看過「母親」的樣貌，哪怕是僅僅一面。

我只是——為滿足爹地的缺憾而誕生的「怪物」。

我不是人類，僅是生存於夢境中的非人，這幾乎是以本能就能察覺到的事實，任憑爹地如何扭曲都沒有辦法。

就像鳥兒理應學會飛翔、魚兒應當悠游於水中。

「即便如此……」

被當作人類孩子照顧的十多年間，我從未親自對爹地說過，刺激他的心情，就算彼此都心知肚明。

恐怕，今後我也不會主動開口吧。

「我是為滿足爹地缺憾而被創造的『家人』……」

因為不真正說出來，才是各取所需、對你我最有利的生存方式。

喃喃自語地回想著，落寞的我站在落地玻璃窗前，眺望下方的城市。

我們住在整座城市最高的「觀景臺」，但爹地並非無時無刻都待在「這個世界」，他不是這世界的住民，總有自己該回去的地方。

自從我長大到能獨立自主的年齡後，爹地給我的主要工作就是閱讀與學習，希望我待在房間好好用功，不過溺愛女兒的他實際上並沒有給予過多限制。

所以我換下睡衣、穿上了外出的白洋裝，按下電梯按鈕。

走出住處，我將雙手放在背後、隨意在城市裡漫步。

高掛藍天的太陽還是夏日的高溫，但不僅是沒有汽機車與行人的街道，聳立的高樓大廈裡也沒住著半位人類。

這座叫做「臺北」的城市——是這麼空虛而無聊的嗎？

爹地在的時候會嘗試創造出幾位人類跟我互動，但只要繼續交流下去就知道了，他們都不是完整的智慧生命，總會遇到無法對應外在狀況而被迫停止思考的情形。

「與其說是人類，更像是書中提過的機器人呢……」

如果我願意的話，要營造出城市很熱鬧的假象並不難，但那一點意義都沒有。

有時我也不免會去思索，我與那些人類的差別在哪？

我並不是人類，但我具備更加完整且獨立的思考能力，有時還會見到爹地因此露出吃驚的表情。

走在大馬路中央，我僅對這些無聊的問題思考了片刻，然後便露出笑容將它拋在腦後。

「我才不要像媽媽老是在煩惱、都不笑呢。」

我哼了哼幾聲，虛假的童年記憶中，抱著我的母親也總是一板一眼，雖然能感受到她的溫柔，那也是爹地同樣體會到的吧。

但小I跟身為媽媽的千愛不同，小I很喜歡微笑。

「那麼，今天要做什麼改造呢……」

我觀察大馬路兩旁的一排行道樹，有了個點子。

開始在腦海中建構想像的畫面，這個過程我沒有爹地熟練，直到那絢麗的場景填滿視線所及。

「櫻花開得滿漂亮的呀。」

我將一整條街道兩側的行道樹變成盛開的櫻花，想給爹地一個驚喜。

背後傳來聲音而轉身望去，一位身穿西裝的黑髮年輕男子已站在我身後，他露出了愉快的笑容。

他就是我的爹地。

「小I的櫻花樹觀察入微吧。」

「普普通通，我去京都看過更漂亮的喔。」

爹地總是吝於稱讚我，我氣鼓鼓地反擊。

「哼，不然爹地就帶我去日本玩呀！」

爹地並沒有戳破這不可能實現的要求，他只是露出一貫的笑容。

「可以呀，下次就帶妳去京都，以前——也想帶妳母親去一次看看呀。」

他有所惆悵地說完後，轉身便要離去。

「我要回房間繼續研究了，小I妳要來嗎？」

「我等等就回去。」

望著這一整排的櫻花樹，沐浴在粉紅花瓣中的我露出微笑。

「春天還很遙遠嗎？」

只要我願意的話，把這世界的季節在片刻間調整成春天也沒問題。

只是，這些花瓣永遠都比不上真正在京都的那些櫻花樹。

虛假的我，是無法取代真實活過的千愛。

我有些寂寞地想道。

A子不會預言自己死亡

這次創造櫻花樹、上次則是將每一棟高樓大廈像樂高積木漆上各種顏色，之前甚至做出怪獸破壞城市。

在無人的臺北市裡玩耍，自己尋找好玩的點子進行。有爹地的時候會有趣一些，他會親自教育我很多有關人類的知識，可惜我數學題一次都沒解好過、英文單字也背得零零落落。

在我開始脫離幼童的階段，漸漸有更完整的思考後，我就過著上述重複的日子。

一天又一天、一年又一年。

很開心嗎？

很開心，因為爹地常常在身旁。

很寂寞嗎？

也很寂寞，因為有時只有我一人。

畢竟，這個世界能思考與創造的智慧體總數，並不會超過兩位。

兩人的想像力總有極限，而且不知為何——在我的外貌成長到人類年齡的十七歲時，這一年爹地的行為有些改變了。

每當他一來到這個世界，他會花費更長的時間待在自己的書房，總是一個在書桌前振筆疾書，或是看著窗外的景色若有所思。

我常常躲在書架後偷偷看著他，但我並沒有去打擾他，給予爹地一點隱私和思考空間，是我唯一能做到的事情。

雖然夢境還是可以改造，但時間的流逝仍嚴格依照現實時間運行，櫻花樹盛開的這天夜晚，我盥洗後躺回公主床上，望著窗外發光的夜景有些疲倦。

沒有人的城市，為什麼還要有點亮的大樓路燈與這片夜景呢？

思索著這些無聊的事情而闔上眼睛時，耳邊突然傳來熟悉的詢問聲。

「小I，妳睡了嗎？」

我睜開了眼，面前是爹地嚴肅的表情。

「爹地？」

他點了點頭，還是擠出一抹微笑。

「來我書房吧，我想跟妳聊一下天。」

我內心有些不安，爹地幾乎不曾打擾我睡眠，但還是跟著爹地來到書房。

他就站在落地窗前，一開始還是一言不發。

「小I——妳知道的吧，這裡不是真實世界——而是夢境，所以這世界才一位人類都沒有，妳還能主動去改變世界的樣貌。」

過了很久開口的，卻是突然其來的真相。

我一點都不驚訝，彼此早就心照不宣很久，我不懂的是他在這時提出來的原因。

「嗯，我知道，很早就知道了。」

我不想主動說破，但爹地繼續說了下去。

「那妳或許也明白，既然眼前所見並非真實世界，妳也不是我與千愛的女兒。」

「我——很對不起妳，以自己的私欲創造出妳……」

爹地的態度充滿濃濃的懊悔，讓我忍不住大聲反駁。

「我從出生就隱約意識到了——可是！這沒關係呀！」

我忍受不住內心激昂，撫著胸口喊道。

「我知道我是住在你內心傷痕的怪物——但，就算如此又如何呢？你不是努力養育我長大嗎？」

我的腦海裡閃過無數畫面。

在嬰兒床前逗我笑的爹地、抱著幼童的我在透明窗窗邊唸故事、在無人的小學教室給我上課、國中畢業典禮在樹陰下幫我拍照的爹地……

那是非常寂寞，卻也擁有同樣多溫柔的世界。

如此矛盾，卻多麼符合爹地的本質。

沒有爹地的努力，我並不會成長為他所看到的這位少女。

即便，這些都僅是一場無法到達地表的夢。

「沒有你的話，我就沒有『心』了。」

可我還是能大聲說出口，笑著哭訴我內心真實的想法。

不知是不是看錯了，本來還年輕的爹地此刻卻白髮蒼蒼、臉部充滿皺紋。

他有些發愣，似乎沒想到我會做出這種反擊，最後只能無奈笑道。

「妳跟我記憶中那早已模糊的千愛，明明個性不一樣，卻有著相同的本質。

「最初我就知道妳是我內心的扭曲之處，想著就算成功了，妳也只會按照我的想法去反應吧，卻因為所剩不多的餘生太過孤獨而仍堅持創造出妳。

「我從未想過——妳會有自己的靈魂。」

他走到我面前，雙眼瞇起拍了拍我的頭。

「我，確實不把妳當作『怪物』，也並非將妳做為千愛的替代品，最初或許還有過這種想法，但看著妳出生的模樣後，我就沒了這個念頭。

「小I，妳成長成了我所期望的樣子與個性……」

爹地凝視著我，並且坦言。

「但，那會不會就是我內心的扭曲呢？

「我一直很害怕，認為自己在做一場掩飾現實悲痛的美夢。」

但現在不是了，他輕聲補充。

「因為我能確認，我不曾指望過妳會去笑，更不能想像妳會珍惜跟我相處過的所有時光。

「跟自私的我不同，所以妳才是小I吧，我那樂觀開朗的——女兒。」

那句話讓我的情緒再也無法抑制，哽咽地哭了出來。

我撲倒在爹地的懷裡，直到徹底哭夠後，爹地才跟著道出有關他的過去。

現在已沒有隱瞞的必要了，他說道。

「我跟妳的母親在她十六歲時認識，這也是我看到現在的妳會特別焦慮的原因。

「夢中出現在妳面前的這個樣貌——並非『袁少華』，而是『劉松霖』，但妳或許也能意識到吧，我的靈魂被放置在不適合的肉體中，因為某起綁票事件……

「……妳的母親真不可思議，她說著能我能改變她十八歲將死的命運，明明好像很無情，但那只是逞強的表現，她其實很關心著我和身邊的人。

「可到那年年底前的幾個月，卻讓我見識到真正的地獄。

「雖然千愛一直在旁協助我，但我們當時對夢境與怪物一點都不了解，甚至沒好好理解她們的『心傷』。

「我沒有拯救照顧我的大學學姐、自己的親妹妹……」

「最後——連千愛都沒活下來。」

已年老的爹地站在落地窗前，談起往事卻不再悲痛，更多的表情反而是釋懷。

「到頭來我根本沒拯救她呀？我曾抱著這股憤恨孤獨地活下去，用盡餘生去理解夢與怪物的運作機制，卻沒辦法改變既定的命運。

「似乎到了臨終前的此刻，才隱約意識到千愛想賦予我的使命。」

爹地道完過去後，透明窗外頭突然放起了煙火。

以前爹地也嘗試過幾次，但以整座城市當作舞臺，盡情綻放的大型花火秀我還是第一次看到，我被眼前震撼的美景吸引注目光。

「好漂亮……」

忍不住喃喃自語了幾句，但這時才看到爹地再次彎腰抱住我。

在我耳邊，他只小聲說了幾個字。

那最後的三個字，仍然是對不起。

之後，我再也沒在夢境中看到他。

我沒有在夢裡再見到爹地，卻沒想到——自己有辦法來到現實。

只是在觀景臺中強烈思念著父親，想要突破現實與夢間不可碰觸的距離，眨眼間竟真的來到了未知的場景。

但那時間終究是晚了，還是在好幾天後。

現實中的爹地比夢境最後要更加年老，而且躺在病床上戴著呼吸罩，似乎已昏迷一段時間，儀器的心跳正緩緩起伏著，暗示病人最後的掙扎。

昏暗蒼白的病榻邊除了看護，不見任何守望的家人。

不知是不是察覺到我來到現實這層地表，沒想到老人緩緩睜開眼睛，看著在

A子不會預言自己死亡

病床邊的我，手似乎無力地舉起想撫摸我的臉頰。

最後，露出了一抹淡淡的笑容。

爹地，劉松霖——袁少華的人生，到此便黯然落幕了。

但他所創造的夢與我，卻沒有就此消失。

我不曉得爹地當初有沒有想到這個可能性，我翻遍了書房的所有書本，那裡紀載著很多有關夢與怪物的研究，卻沒有任何對我後續的指示。

於是，我被留了下來。

我曾幾度浮上現實看看，但現實的場景卻讓人傷心，爹地的喪禮草草舉辦，就連公祭都只有少少幾人到場。

直到他的遺體火化後，我都還無法接受爹地已經遠去的事實。

但——這就是「人類」呀，是只能在有限的時間與可悲的命運裡，苦苦掙扎的人類呀。

已經沒有人會在這個世界陪我嘻笑了。

我無法觸碰改變現實的任何事物，現實也沒有任何跟我有所連結的人們，對我來說那不過是另一個陌生的世界。

但同樣的，我在夢境裡也僅剩這座城市和觀景臺，這些只讓我徒增傷心的景色。

我無法完全接受爹地死去的事實，常常跪坐在落地窗前，就這樣發呆一整天都沒有動作。

或許反映著我的心境，本來的城市也開始腐朽倒榻，甚至連天空都密布著烏雲，並且飄起了細雨。

連往落地窗外看出去的景色，都變得模糊不堪了。

我一直等著，等待著哪天爹地會再出現於夢境中，對我嶄露笑容。

雖然，我知道那已是不可能達成的心願。

直到某日，我躺在床上半夢半醒間，想著夢中夢到底是什麼概念，這種無聊又可悲的哲學問題時……

卻想起了一件事。

本來微不足道的回憶漸漸變成好奇，促使我展開行動。

我起身回到爹地常待的書房，想找出那個物品。

以前爹地坐在這裡研究時，常常會拿出一本手帳觸摸，卻從未打開去撰寫。

但就算到爹地離開這個世界了——他也沒有告訴我那手帳究竟是什麼。

書架的書本我之前常常去翻閱，我知道爹地沒有把手帳插在書架間，足見他對這本手帳的重視。

很快我就找到了他可能放置手帳的位置，就在書桌的某一層抽屜裡，卻發現外頭掛了個四碼數字鎖。

「四碼數字……」

雖然能直接破壞鎖，但我毫不猶豫輸入了那四個數字——也就是千愛，我的媽媽的生日日期：1224。

鎖解開了，我從抽屜裡取出了一本感覺很新的……書？

是那本封面有著寧靜雪景的純白手帳。

夢境裡的物品年齡是不準的，我從看起來還很新的手帳感受到其中的濃厚情感，或許這之中紀錄了爹地沒告訴我的回憶？

我抱著滿心期待打開手帳，卻發現裡面幾乎是一片空白。

只有兩個字，跟爹地有點醜的筆跡不同，漂亮的藍色原子筆筆跡寫上兩個字。

謝謝。

我直覺察覺到了，這不是爹地——而是媽媽，千愛留下的文字。

內心冒出來的，卻是讓人身體顫抖、難以言喻的激動。

「我不想見媽媽一面……」

我不想見到跟我相似的那位母親，因為就是她的存在，才讓爹地餘生都放不下，也種下我誕生的本因。

我恨她。

但——我還是想見她一面。

我想看看，媽媽是多蠢卻又多溫柔的人，才會欺騙爹地這麼多年。

將手帳放回抽屜，我思考起來。

我有辦法辦到嗎……

因為有去到現實的經驗，我開始思考自己有沒有辦法回到過去，甚至對此有著莫名的自信心。

我曾在爹地的書本裡看過，他發現夢與夢之間有所相連，甚至跨越了時間的長度。

只是，這中間的途徑比現實中任何一條航道都要複雜，人類的時間長度並不足以支撐摸索的時間，找到跨越夢與夢之間的航道。

以另一個比喻來說，就像用現行的宇宙船航行方式，要從一個星系到另一個星系的時間那樣漫長。

除非我能找到穿梭星系座標間的蟲洞，但就算尋找蟲洞的時間也是人類難以估算的天文數字。

「而我……」

幸運的是，我並不是人類，我有的是時間找到那幾條蟲洞。

我了解到這個悲傷的事實，決心收集起爹地留下的書，將它們放進一個袋子裡。

我想代替已放下的爹地，去完成他沒達成的願望。

在那之後，我很快就搭上了小木船，離開爹地與自己的夢境，投入夢中的迷霧地帶。

雖然意志能控制船的移動方向，夢中的迷霧卻比現實要更加可怕，彷彿連我自身的存在都要被占滿似的。

那找尋出路的時間漫長到——我連自我都快要失去，每次都靠著與爹地曾有的回憶維持住理性，並靠著對母親的恨意做為燃料。

漸漸的，從最初只是對媽媽的不滿，也開始轉變成濃郁的恨了。

在連靈魂都要散去的前一刻，我終於離開了迷霧。

我能離開迷霧的原因——卻是霧中提供指引的光芒，幫助我理解出正確的航路。

很久以後我才發現，那就是母親的燈塔，那時她就注意到了我嗎？還是只是恰巧為我指引出航道呢，或許我一輩子都得不到解答了吧。

離開迷霧地帶的我於一片白沙漠靠岸，但我卻注意到一件怪事。

就算在夢境中，我的身體也開始變得透明。

可能會死亡的恐懼充盈我的內心，絕望的我想辦法來到現實，想確認一下這是哪一個時間點。

卻看到被綁在椅子上、受困於鐵皮屋中的青年。

他是袁少華——我的爹地。

「嗚……」

明明是久違的重逢，回到夢境的沙漠後我卻掩住面容，跪地忍不住崩潰了。

我知道我能回到更早的過去，或許能在夢境中提醒年輕的爹地，讓他有機會避開這次綁票案。

「但這樣的話……」

我撫摸著加劇的心跳，第一次感受到自己會死的感覺。

原來爹地死前——也會有浮現這樣的恐懼感嗎？

我抓著雙肩顫抖不已，最終下了一個悲哀的、卻符合「怪物」本質的決定。

我逃避了，並且決定不將爹地帶向那個真正的未來。

爹地在死前，曾說他不把我當作怪物與千愛的替代品看待，把我當作他的親生女兒。

但我跟那於叢林中長大的人類孩子不同——我始終沒有捨棄掉呢，自己身為怪物的本分。

「啊……」

在小木船上，我抱住雙膝痛哭了，久久不能自己。

「爹地……對不起……」

在穿越時光的旅途上，或許是出自於愧疚與彌補。

揉著哭腫的雙眼、我輾轉來到了母親的燈塔中，在她的燈塔裡留下了爹地寫下的書本。

「請以這些書幫助爹地吧……」

即使，這些書沒辦法拯救媽媽的生命。

或許也是這個原因，在之後爹地陷入時間輪迴的痛苦時，我更不敢親自去見媽媽。

如今——我終於能鼓起勇氣了。

「畢竟A與I，組起來就是『愛』了喔。」

「如果能在真實世界，和你們一起看看藍天就好了。」

道別前的最後，我對爹地輕聲這麼說道。

不管爹地任性到底，不是更能證明我就是你們的女兒嗎？

虛假的記憶、虛假的世界。

虛假的生活、虛假的生命。

但最終——爹地和媽媽，你們對未來的期盼，仍是創造出了我。

真實活過的我。

我緩緩鬆開緊抱著爹地後背的雙手，放他離去後凝望著藍天。

白光漸強，面臨死亡，內心卻莫名平靜。

雙頰流下淚水，我還是忍不住哭了，但還是想露出微笑。

因為爹地說過，他喜歡我笑的樣子，所以離去前也還是要笑出來喔。不過，真想看看呢。

爹地和媽媽的那本交換日記，在空白的內容上繼續譜寫的未來。

夢裡的藍天，好像比較漂亮呢……

穿著白洋裝的女童無憂無慮地發著呆。

她昨晚做了好長一個夢，迷迷濛濛的，很多地方都看不清楚，現在也想不太起來了。

但她還記得——有個好大的房間，好像有一整層樓那麼大，可以看得好遠好遠。

好想要這麼大的房間喔。

「要出門了喔。」

還賴在沙發上回味夢境的女童，烏黑的小腦袋被突然出現的女子蓋上了一頂遮陽帽。

女子露出滿意的笑容，牽起女童往玄關走去。

幫女童換上可愛的鞋子、確認好出門的必需品後，女子推開了大門。

「馬麻——今天要去哪裡玩？」

看起來十分年輕的母親想了想，抱起女童摸摸她的頭。

「要看爹地喔，可能只是隨便兜兜風。妳有什麼想去的地方嗎？」

女童想起了夢境的片段，聲音清脆地回應。

「兒童樂園～剛剛在夢裡跟爹地和馬麻玩得很開心！」

母親微微一愣，接著露出燦爛的笑容，眼角似乎閃著水光。

「好呀，就去兒童樂園。」

女童開心極了，笑聲和嘰嘰喳喳的童言童語伴隨著這對母女離開住家，走向停在門前的休旅車。

彷彿連接著夢境的彼端，外頭的天空此刻湛藍無比。

——《A子不會預言自己死亡03》完

——《A子不會預言自己死亡》全系列完

後記

Miss A Would Not Foretell
Her Own Death

A子不會預言自己死亡

並沒有不會結束的旅程，或者說旅途本就是在途中尋找其意義與解答，正如袁少華（劉松霖）與A子所經歷的這些。

《A子不會預言自己死亡》於第三集結束了，或許有讀者會好奇集數的問題，不過以作者的角度來看，這也是一個差不多至此能畫上美好休止符的故事。

故事的結束僅是他們的旅程告一段落，但在這之後，劉松霖和A子、以及很多故事裡的人物依舊有他們的未來需要面對。這樣思考著的我，總想將自己筆下的人物當作一個完整的人類去對待。

但在寫第三集的時候，我覺得很茫然。

並非說對劇情或人物的表現什麼的感到茫然（~~雖然編輯的追殺和校稿有點恐怖之類的還是要提一下我相信編輯不會看到這行~~），而是一個戲外的思考。

《A子不會預言自己死亡》對你們來說，會是什麼樣的故事呢？

對於我（午夜藍）而言，《A子不會預言自己死亡》是延續我創作生命的關鍵作品。正如我在第一集提到的，故事原型的第一篇短篇於**20181103**發表，之後在今年有幸獲得三日月編輯的賞識，這中間已過了差不多一年的時間。

對我來說，《A子不會預言自己死亡》也像是高舉起的槌子，或許不是那代表人民的法槌，但在創作過程中我總想去敲擊撼動什麼。

即便社會風氣與那些嚴肅話題在這系列中並非放在舞臺中心，但我也對這些元素寄予期望，或者說確實想獲得一些共鳴什麼的。

所以我迷茫於該給這個故事的最後一集什麼樣的風貌，即便結局是在最初就已經定調好要那個樣子，不信可以問編輯(?)。

說到底——我「曾」把《A子不會預言自己死亡》當作我作家生涯的最後一部作品，所以我將更多的熱情與愛奉獻在這部作品裡。

作為創作者得面對一生學習不完的事實，但在面對這個事實前，得先面對自己能不能持續創作的現實。

總之，關於小說創作的很多現實與理想面衝擊不能轉嫁到讀者身上，不過在這個完結的後記裡我還是想提出來，讓我們可以稍微接近一點點。

無論如何——《A子不會預言自己死亡》的創作過程是開心無比的，這期間受到了太多人的照顧，收到的回應也超乎我的意料。

特別要感謝的還是三日月出版社以及辛苦的編輯，不管是找到畫出神封面的A_maru老師，或是在整個系列中不厭其煩地給予意見（我們常常逐章討論XD）和校稿，能受到您賞識並一同合作，是很不錯的創作經驗。

然而，最該獻上謝意的還是閱讀到最後的讀者你們。

《A子不會預言自己死亡》的故事或許結束了，但關於午夜藍的創作旅途，雖然這幾個月有些迷惘、有些被現實絆住腳步，但我堅定地相信仍會繼續走下去，也期待著將有新作跟讀者見面。

所以希望有空的話，讀者也能來粉專找找我：

A子不會預言自己死亡

https://www.facebook.com/midnightmilktea

午夜藍

高寶書版集團
gobooks.com.tw

輕世代 FW343
A子不會預言自己死亡 03 (完)

作　　者　午夜藍
繪　　者　A_maru
編　　輯　林雨欣
美術編輯　林鈞儀
排　　版　彭立瑋
企　　劃　游鈞嵐

發 行 人　朱凱蕾
出　　版　英屬維京群島商高寶國際有限公司臺灣分公司
Global Group Holdings, Ltd.
地　　址　臺北市內湖區洲子街88號3樓
網　　址　www.gobooks.com.tw
電　　話　(02) 27992788
電　　郵　readers@gobooks.com.tw（讀者服務部）
pr@gobooks.com.tw（公關諮詢部）
傳　　真　出版部　(02) 27990909　行銷部 (02) 27993088
郵政劃撥　50404557
戶　　名　三日月書版股份有限公司
發　　行　三日月書版股份有限公司/Printed in Taiwan
初版日期　2020年10月
二刷日期　2020年12月

國家圖書館出版品預行編目(CIP)資料

A子不會預言自己死亡 / 午夜藍著.-- 初版. --
臺北市：高寶國際, 2020.10-
冊；　公分. --

ISBN 978-986-361-884-3(第3冊：平裝)

863.57　　109008704

三日月書版

三日月書版

GOBOOKS
& SITAK
GROUP©

GOBOOKS
& SITAK
GROUP©